废墟与狗

王彬彬 著

江苏凤凰文艺出版社

图书在版编目（CIP）数据

废墟与狗 / 王彬彬著. —南京：江苏凤凰文艺出版社，2025.2
ISBN 978-7-5594-7631-9

Ⅰ.①废… Ⅱ.①王… Ⅲ.①散文集-中国-当代 Ⅳ.①I267

中国国家版本馆CIP数据核字（2023）第047855号

废墟与狗

王彬彬 著

出 版 人	张在健
选题策划	李 黎
责任编辑	李珊珊
责任印制	杨 丹
出版发行	江苏凤凰文艺出版社
	南京市中央路165号，邮编：210009
网 址	http://www.jswenyi.com
印 刷	苏州市越洋印刷有限公司
开 本	787毫米×1092毫米 1/32
印 张	8.25
字 数	140千字
版 次	2025年2月第1版
印 次	2025年2月第1次印刷
书 号	ISBN 978-7-5594-7631-9
定 价	58.00元

江苏凤凰文艺版图书凡印刷、装订错误，可向出版社调换，联系电话 025-83280257

写在前面

  这是一本散文集，收入了十来篇散文。说到这本集子的形成，那就要回溯到2020年了。

  2020年1月23日，从武汉传来新冠疫情爆发的消息，随后，为了抗击疫情，全国多个城市和地区进行了防疫管控。像许多人一样，我也连续几月闷在家里。那时节，仿佛每一寸空气里都有病毒，一走出家门，就会遭病毒的毒手。到了四月初，体重长了十多斤，一些本来合身的衣服，变得瘦小了。疫情当头，营养重要，节食显然不应该。不节食而又要控制体重，就只有运动了。四月三日这一天，我在午睡起来后，看看日益鼓出的肚腩，摸摸又粗肥了些的腰身，毅然走出家门，迈出小区后门，摸索着走入了山野。走着走着，走入了一片废墟，遭遇了一群被遗弃的狗。这群狗让我产生诸多感慨，于是便写了散文《废墟与狗》。这情形，在这篇文章里已经说得详细，这里就不再说了。这样就开始了散文的写作。所以，这几年忽然写起散文来，是有着很大的偶然性的。没有突然爆发的新冠疫情，大概没有这样一本小书。

收在这里的文章，有几篇是现实题材，有几篇是现实与往昔相交织的内容，更多的则是少年时代的回忆。本来，是现实中的废墟与狗，让我开始了散文写作，可接着写的时候，思绪却固执地回到20世纪70年代。我想，是那段岁月中的许多感受、记忆太刻骨铭心了。这些感受、记忆，本来平时也并不怎么现身，仿佛并不在脑海中存在，可当我开始进行文学创作时，它们却一齐活跃起来，像冬眠的蛇，听到了惊蛰的响雷。

2022年，我在《收获》杂志开设了散文专栏"尘海挹滴"，又在《钟山》杂志开设了散文专栏"荒林拾叶"。这些文章，都发表在这两个专栏里。在这里，要对发表了这些文章的《收获》和《钟山》表示十二分的感谢！

需要说明的是，本次结集出版，结合主题，在篇目上有过几次调整。收入的文章在文字上也多有删改。所以，并非发表于《收获》和《钟山》的文章都收在了这里；而收入的文章与发表于刊物的文章，文字也不尽相同。

2024年7月18日

目录

1 吃 肉

27 队 长

51 奇 书

75 公 私

105 痰 盂

123 家 长

149 真 相

169 住 院

197 霹雳一声高考

219 绝 响

241 废墟与狗

吃肉

在我的家乡，有人因为糊涂，因为无奈，把简单的事情弄得很复杂，付出的代价远远超过所得的东西，人们就会用一句俗语来评说他，"豆腐盘成肉价。"这句俗语成立的前提，是豆腐绝不应该与肉等价。如果有一天豆腐居然与肉一个价，那就是千古奇闻。我的家乡单说一个"肉"字时，必定指猪肉。吃肉，一定指吃猪肉。我的家乡不养羊。我是在离开家乡后才见到羊这种畜牲的。牛当然有。但牛是重要的生产资料，法律禁止屠宰。所以，牛肉是用钱都极难买到的东西。家家养猪。猪肉是唯一的解馋之物。人世间最美味的东西是什么？在我小时候，这句话问出来都显得荒唐，因为答案是明摆着的，当然是猪肉。难道还有比猪肉更好吃的东西？

吃 肉

豆腐虽然必定比猪肉低贱,但也必定比蔬菜高贵。青菜、萝卜、黄瓜这些东西,本来是草类,是可以用来喂猪的。养猪是为了吃肉。猪吃一斤蔬菜,绝不可能就长出一斤肉来。不知道要喂上多少斤青菜、萝卜,才能指望长一斤膘。如果青菜、萝卜、黄瓜这些东西,居然与猪肉等价,甚至价格是猪肉的几倍,就超出了我这样的人的理解能力了。而最近,各地就出现了这种很可能是史无前例的情形。刚开始听说蔬菜的价格高于猪肉,我还以为是段子。待到在小区附近的菜场确认后,我可就心潮澎湃、思绪万千了。记忆的池塘,像被人猛烈地搅动了一番,许多沉入池底、埋入淤泥中的往事,打着旋儿、翻着滚儿,浮了上来。当然,都是与吃肉有关的事情。

一

关于吃肉的记忆很多,这不说明肉曾经吃得多,恰恰说明吃肉曾经是生活中十分稀有的事。

1966年以后的许多年间,学校的教师,其实是没有了暑假的。大学的情形我不知道,其他地方的情形我不知道,但我知道,在我们那个地方,每年暑假,中小学教师都要集中起来,办学习班。我的父母那时都是小学教师。一放暑假，就要离开家，住到学习班上去。学习班有时办在县城，离家挺远的。几个孩子，就由外公外婆照管。记得是1967年或1968年的暑假，我五六岁，父母又到学习班上去了。一天，我和弟弟玩闹。我钻到家中堂屋的桌子下面，一抬头，碰到了桌底，桌上的热水瓶倒了。热水瓶，是那种竹丝编成的外壳，用久了，黑乎乎的。水瓶倒下的同时，木头塞子被水冲开，热水顺着桌面流下。我又恰好从流着水的那一边钻出，热水便流到了身上。是夏天，只穿着短裤。于是背上、膊上，都烫得起了泡。记忆里，那水泡有乒乓球那么大。不过，儿时的记忆有放大功能，总是像油锅一般把事物炸大许多。那水泡，乒乓球那么大肯定没有，但也肯定不太小，不然不会留在记忆里。我小时候，一到夏天，身上没一天没有伤口。但十分皮实，破点皮、流点血，从不当回事。这一次，虽然身上烫起了泡，也并不在意，不一会，就到外面玩去了。邻居一位大妈，见到我身上的水泡，问明原因后，便笑嘻嘻地怂恿我："去找外婆要肉吃！"她家与我家相处甚好，完全是个善意的玩笑。我却当真了。原来身上受了伤，就有要肉吃的理由。一转身，我回到家中。外婆正在灶下烧饭，灶火映红了她的脸。脸上有怒容。可能正好有什么不顺心的事。五六岁的孩子，还没有学会看人脸色说

吃 肉

话。我走到灶口,说:"外婆!我要吃肉!"外婆一边用火钳夹着一把柴禾往灶里塞,一边没好气地说:"我到哪里弄肉给你吃?到身上割肉给你吃吗?"我愣了一会,带着疑问走开了。人身上割下来的肉,不是人肉吗?人肉是可以吃得的吗?我寻思了好半天。

现在回想起来,这差不多就是我人生记忆的开始。我人生记忆的开端,居然与吃猪肉和吃人肉纠缠着,这让我每每暗自羞愧。

进入1970年代,我比较地懂事了一点,留下的记忆也更为清晰。那时候,农民家家养猪。但一般只养一头,有能力养两头猪的人家极少。谁家竟然养了两头猪,会成为大家议论的话题。总是在正月里买来一只小猪崽,养到腊月卖掉。如果急需用大钱,养不到腊月便卖掉,也是有的。卖,只能卖给国家,当然没有讨价还价一说。国家在每个公社设有一个收购生猪和卖猪肉的单位,叫做食品站,老百姓简称为"食品"。农民养的猪,只能卖给公社的"食品"。每年的这一头猪,对于农家极其重要。家中灯油、食盐等每日消耗的东西,靠卖鸡蛋换取;而婚丧嫁娶一类大事,则靠这头猪支撑。农民养的猪,是不能自行屠宰的。自行屠宰属违法行为,公安局会来抓人。这一点,猪和牛的地位相同。但牛是绝对不能杀的,而杀猪,只要争取到指标,还是可以的。指标按什么原则分配，我也没有弄清楚过。想来应该是按人口分配每年的杀猪名额。我们那个村子，人口不满一百，每年可杀一头猪。杀猪总是在腊月，临近过年的那几天。通常是谁家在翻过年来的正月要迎娶新娘了，就把这名额给谁家。我记得，这杀猪名额虽然少，但并没有为抢这名额而起过争执。那原因，就是大家对自家杀猪并不热衷。得到杀猪的指标后，要去公社履行完税手续，也就是交纳屠宰税；在北方某些地区，过去叫割头税。一只猪崽，从正月养到腊月，一般能养到一百几十斤重；如果能长到二百斤，那主妇就会获得"会养猪"的赞誉。这猪，如果自家杀了，要缴一笔税。所以，那个杀猪指标，并不会成为争夺的东西。但如果要办结婚这个最大的喜事，那就很有拿到这个指标的必要。办场结婚宴，总要好几十斤肉，自家不杀猪，解决这个问题很麻烦，要苦苦地求人。

村中有人家杀猪，有两种动物最兴奋。一种动物是村中的狗，另一种动物是村中的男孩子。杀猪总是在室外进行。先把猪的四蹄用绳子捆住。猪自然嗷嗷地叫。猪一叫，全村的狗们都来了，开始躁动不安。待到白刀子进去红刀子出来，然后是放血、褪毛、开膛破肚，于是血腥味、油腻味、臊臭味四处漫溢，大大小小的狗，便像注射了兴奋剂一般，尾巴竖起来，快速地摇动着，尾尖还在空中划着圆圈。它们在人们

吃　肉

的两腿间钻来钻去。这里嗅嗅，那里嗅嗅，突然又抬起头，冲着那红红白白的血肉咂嘴弄舌。想凑上前去，却又不敢。有胆子大些的，试试探探地缓步往那血肉靠，就会招来一声呵斥，甚至被踢上一脚。挨了一脚后，便只能扭头退回，一边把鬼鬼祟祟地低着的头仰起来，发出一声叫喊。这叫喊必定只有一声，而且很短促，表达的是应答而不是愤怒，相当于说一声"OK"。它们知道，人类杀猪，本不关狗的事，狗没有理由捣乱。狗们躁动不安、兴奋不已，无非是指望得到点什么。但它们除了被骂几声、踢一脚，其实什么也得不到。猪肉是多么富贵的东西，怎么可能到狗嘴里。要说啃骨头，那要等到人类先把肉啃掉，现在还远不是时候。杀猪，是用滚开的水褪毛，地上总是弄得很潮湿。待到事情完毕，人们都散去后，狗们则要长时间嗅着舔着这地上的潮湿。这潮湿里多少有一点油和血，要说所得，它们得到的也就是这些了。男孩子们兴奋，除了看一场热闹，还能得到一支香烟。杀年猪，也算是喜事一桩。在屠夫们忙碌着时，主人会给所有在场的男性人物散烟；只要是男性，哪怕不抽烟，也发一支烟。

　　平时如果人家实在要买肉，也不是完全没有可能。有人回忆那时候，说即使有钱也绝对买不到肉，但我的家乡，情形的确不是这样。我记忆里，公社的食品站，大概每天还是杀一头猪的。这猪是从收购的生猪中留置下来的，还是统一调配来的，我就不知道了。虽然每天必须买点肉的人家绝不会太多，但一个公社几万人口，每天只一头猪，肉还是十分紧俏的。我记得，食品站那个卖肉的窗口很小。每天一大早，那头猪就杀好了，在这窗口处卖，一会工夫就卖完了。所以，如果家中实在需要买点肉，必须早早地到那窗口前排队，越早越好。那时候，常听说某个熟悉的人，头天晚上干脆不睡，在那窗口前等了一个通宵，终于买到了肉。天气不太冷时，这样的事还没有多少故事性。天寒地冻时，在那窗外等上一夜，就有点故事性了。但也绝不算什么特别稀奇的事。猪肉是宝物。而肥肉则是宝中之宝。每个在窗口买肉的人，都不住声地央求那卖肉者："多把点肥的！多把点肥的！"如果与窗内操刀者不熟悉，这样的央求其实是没用的。再肥的猪，也不能身上全是肥肉，不可能每个人都多给点。但如果与他有交情，那就能多得到一点肥肉。所以，这个食品站负责卖肉的人，十分受人追捧；每日享受着认识与不认识者的巴结、讨好；走在路上，挺胸腆肚的，像个将军。

吃　肉

二

关于猪肉的记忆中，有两个数字，以钢印的形式在我脑海里留存着。一个是七毛三，一个是五毛一。

那时候，全国的物价基本一致，差别甚小，且几十年不变。我清楚地记得一些生活用品的价格：火柴二分钱一盒，食盐一毛五一斤，煤油三毛五一斤……至于猪肉，在我们那里，是七毛三一斤。后来与他人聊天，知道在有的地区，是七毛四一斤。总之，只有分把钱的差别。猪肉七毛三分钱一斤。但人们花七毛三分钱买整斤肉的情形是很少的。过年的时候，或许会成斤地买肉。平时实在要买肉，也极少有人奢侈到买个整斤。最寻常的购买额度，是五毛一分钱的肉。每天早晨公社食品站排队买肉者，大多手里都攥着五毛一分钱。

那时，我们邻村有一个男子，是黄埔军校毕业生，曾经在军队里当宪兵队长。是黄埔哪一期，当的是什么级别的宪兵队长，乡人们也说不清楚。据说，国民党败退台湾时，他是可以跟着走的。但他放不下家中父母和妻儿，跑回来了。后来当然是阶级敌人，受着管制。他应该是不会田地里的活计的。所以，生产队让他专职放牛。此人身材高大、不胖不瘦。他留给我最深的印象,是腰杆永远挺得笔直。我认识他时,他应该很不年轻了,但从不显出老态。牵着牛绳,在田埂上、在山坡上放着时,总是像在接受检阅。牛绳一丈多长。他在前面牵着,牛在对面吃着。牛边吃边往前走,他则缓步后退着。他腰杆直挺,但并不东张西望,总是微微颔首,注视着牛的嘴部动作,像注视一场战争。他还有一个奇怪之处,是雨天放牛从不打伞。黄梅天,几乎天天下雨,有时还瓢泼地下,而青草在黄梅雨中也恣意地油黑肥美着,放牛是更必须的事情。无论雨大雨小,他一如平时那般挺直着身躯,一手牵着牛绳,一手自然地垂落。雨水打在牛角上,打在牛背上,也打在他头上身上,像是一头牛在放另一头牛。不知何时开始,人们知道他懂中医,便有人在夜晚偷偷敲门,去请他看病开方。也不能让他白看。人们习惯的做法,是用脏兮兮的手帕包上几个鸡蛋。我的外婆有次找他看病,送上的就是四个鸡蛋。我那晚陪着外婆去了。在他那十分狭小的卧室里,他接待就诊者。此人的四方脸上平时总带些笑意,笑得很浅、很薄;笑得似有若无。这笑意可以随时向两个方向发展:可以急速地变淡到完全没有;也能够很快变浓成真正的微笑。晚上,接待就诊者,就笑得浓成真正的微笑。他极耐心地倾听着来访者的诉

吃　肉

说，然后，在擦得干干净净的小油灯下替病人把脉，把过脉便用毛笔开方。我的外婆，那次吃他开的药，并不见效。我知道，没有人吃了他的药病便好了。后来我想，他真懂多少医理，那弄不清楚，但他用药一定极其谨慎，一定都是开那种吃了绝对不会出问题的药。一个受管制的人竟然暗自行医，已经是胆大妄为了，如果弄出事情来，那就死无葬身之地了。虽然吃了他的药没有什么用，但也没有人怪罪他，还是不断有人找他看病。找他，毕竟比去医院方便多了，而且付出的，只是几个鸡蛋。本来生病了，就算是去公家医院，吃药不见效，也是正常现象。

但他开的有一味药，却总是有效，这就是：猪肉。

在我的家乡，一个人极度缺乏油水而身体出现病状，称作"熻着了"。这个"熻"字，是我的猜测。音是这个音，是否是这个字，我不确信。家乡话中，有好多音，过去不知是何字。有些我后来慢慢揣摩出来了，有些则始终弄不明白。可能有些，本来就是有音无字的。至于这个音，我查了字典，只有这个"熻"意思吻合。字典上说，"熻"的意思，是用微火把鱼肉的汤汁变浓或耗干。人是血肉之躯，过日子便如受微火煎熬。煎熬久了，身体内的油水都耗干了，便浑身不适。有时候，有人去找这位黄埔学生看病，诉说了一通病状后，他只说三个字："熻着了。"然后说:"吃点肉就好了。"这就算开过方了。而病人弄点肉吃下,还真就浑身是劲、啥事没有了。肉当然要到公社食品站去买,总是买五毛一分钱的肉。

他开出的猪肉这一味药的有效,我是亲眼见过的。有一回,村中一位上了年纪的女性,连续多日,走路无力,干活没劲,身上到处不舒服,头不是头脚不是脚。去找他看了。诊断是:"燶着了。"药方是:"吃点肉。"这位大妈的家人借了点钱,买了点肉,熬了点肉汤。大妈一碗肉汤喝下,顿觉浑身舒畅,什么毛病也没有了。禾苗干旱久了,显出要死不活相,一顿水灌下去,也要过一夜才恢复元气;庄稼缺肥料了,黄瘦黄瘦的,几瓢大粪浇下去,也要过几天才显出生机。人燶着了,像死了没埋一般,一碗肉汤喝下去,却立即百病皆消,谁能说肉不是宝物?在我的记忆里,得了"燶着了"这种病的人,大多是岁数大了的女性。我想,这是因为上了岁数的女性,在家中是主妇,终日劳累,而在餐桌上又特别谦让,稍好一点的东西,总让长辈、丈夫、儿子吃,进不了她的嘴。久而久之,身体就亏欠下了,就燶着了。本来,燶着了,不用找人看病,自己就能感觉到。但不找医生看病,没有医生的药方,一个家庭主妇,怎么能够独自吃肉,何况往往还要借钱买肉呢!其实,不只是妇女,任何人,都不能仅仅因为想吃肉便吃肉,必须是

吃 肉

肉变成了药，才能让家中特意去买一点。

这位大妈的家人是借钱买肉的。借了多少钱呢？借了五毛一分钱。五毛一分钱，是人们买肉的最常见额度。上初中时，有一年，快过年了，我与一个同班同学相遇，闲聊中得知，他家中为过年，买了五毛一分钱的肉。有一年，我们村中的一家，也是买了五毛一分钱的肉过年。再穷的人家，大年三十晚上的年夜饭，总不能没有一点肉。我是1978年秋离开家乡的。在我离开家乡之前的那些年里，没有哪一年过年听说过谁家年夜饭完全不见肉。五毛一分钱，乡邻们还帮得起。我中学时的一位老师，有严重胃病，几次胃出血。老师们平时住在学校，吃着食堂。这位老师每当胃病犯了时，便不能吃学校食堂的饭菜，吃了，便痛得更加厉害。他备有一个煤油炉。犯胃病了，便托人到公社食品站，买点肉，自己下点肉丝面。每次买多少肉呢？总是五毛一分钱的肉。

很长时间，我没有弄明白为什么人们总是买五毛一分钱的肉。在家乡时，也没有细想过这件事。后来，突然间想明白了这原因。家中有人生病了，要买点肉；年夜饭桌上要有点肉。但总不能就花七毛三分钱买一整斤肉吧，那是败家子的行为。那么，买半斤不是很合理的选择吗？半斤，在数量上很合理，但在钱数上很尴尬。七毛三的一半，是三毛六分五厘。按照四舍五入的原则，买半斤肉，要付三毛七分钱，也就意味着要多付五厘钱。这当然是亏了。而五毛一分钱可买七两肉。当然，七两肉，应付五毛一分一厘。按照四舍五入的原则，这一厘当然就免了。这当然是赚了国家一厘钱。

如果买半斤以下，那又少了些。买到八两九两，那就跟一斤差不多了。七两，不算过多，更不算少，比较起来又最方便算账，所以，以五毛一分钱买七两肉，成为最常见的方式。

三

吃肉是多么美好的事情。可我关于吃肉的记忆，却往往伴随着羞愧、自责。

我多次严肃地思考过出家为僧的可行性。掂量来掂量去，觉得其他的戒律咬咬牙还能遵守，独有不准吃肉，怕是无论如何做不到。所以，至今还是一个在红尘中翻滚的俗物。

这样说，很容易让人觉得十分矫情，仿佛从小就离不开肉似的。其实，正因为从小馋肉，那馋肉的滋味刻骨铭心，所以才对自己的毅力没有信心。过去在家乡，能够长期不吃肉，那是因为根本不可

吃 肉

能有肉吃。现在,有条件吃肉却让我戒绝,我真的做不到。

我上高中是住校的。那时的农村中学食堂,对学生只供应饭,不供应菜。学生从家里带咸菜。这咸菜,至少要连吃三天,星期三下午放学后,一般可回趟家。有时候,星期三不回家,那就要连吃一个星期。咸菜一般是腌豆角,真要数着根数吃,否则会不到回家的那天便没有了。学校在一个公社机关所在地,有几家公家开的小店。有一家小吃店,橱窗里每天摆着几钵粉蒸肉。所谓钵,是那种陶制的容器,里外都涂有釉;釉是那种黑里透点微红的颜色。但里面沿着钵口,有一条白圈,没有涂釉。钵很小,电影电视上古代的英雄草莽,武松、林冲之流,用来喝酒的便是。小吃店的粉蒸肉,我至今还清楚地记得,是每钵三毛七分钱。那时候上学,是很清闲的,便时常结伴外出游荡。走过那玻璃橱窗,总要盯着那粉蒸肉看几眼。有时候,竟是特意去看看那粉蒸肉,确实每次都看得馋涎欲滴。"过屠门而大嚼"这个成语我后来一接触便深刻地领悟了它的含义。在外面看,毕竟隔层玻璃。有时候,还走进店里,更切实地看上一番。虽然对肉的渴望,每时每刻存在着,但如果不见着,那渴望也就在假寐。真的见到了这油汪汪的粉蒸肉,那腹中便像有一只小动物苏醒了,要冲出来攫取这肉。终于有一次，我和一个同学在店里看了半天后，决定合伙买一钵。那天，两人口袋里都能掏出一两毛钱。可不是每天都能从口袋掏出这些，一般情形下，口袋里充其量有几枚硬币。三毛七分钱，一人一半，那要一人出一毛八，而另一人出一毛九。我现在记不清是谁多出了一分钱，只记得，就在店里取了两双筷子，两人站在店堂里，把那钵粉蒸肉分吃了。其实也就三五块，很快便没了。当然，还有一点粉渣。那粉渣也是浸着猪油的，肯定不能浪费，也吃掉了。当时，应该恨不得把那钵里面也舔一舔吧，但幸亏并没有舔，否则，后来回忆起此事，会更为难堪。但即便当时没有舔那钵里，回想起这件事，我仍然有着羞愧。这其实是很不应该的。这是馋战胜了理智、毅力的一次纪录。口袋里那点钱，当然是父母给的。父母给你点钱，可不是让你买肉吃的。父母还在家中熬着呢，你怎么上着学还吃上粉蒸肉了呢？

我之所以觉得自己当不了和尚，与这件事有关，还与上高中时的另一件事有关。那一年春节过后开学，一位同学在星期六下午邀请我到他家住一晚，我便去了。晚餐的菜碗中，有一碗猪大肠焖黄豆。其时还在正月里，这猪大肠焖黄豆，无疑是过年留下的。这一碗荤菜，是用来待客的，却又不是让客人吃的。做客的人都懂得，桌上的荤菜是不能动筷子的。这一

17

吃 肉

碗荤菜，人家要用来招待正月里所有的拜年客。这道理，其实我也懂得的。开始吃饭了。同学的父亲是一个沉默寡言的庄稼汉，与我并排坐在一张条凳上，背对着门。同学的家人并没有劝菜，更没有劝我吃这猪大肠。同学的父亲也没有。但这碗猪大肠焖黄豆，就摆在离我最近的地方，就在我的鼻尖底下。那猪大肠特有的浓郁的香气，强劲地刺激着我的嗅觉，像洪水在猛烈地冲击着堤坝。我一忍再忍，三忍四忍，终于被刺激得丧失了理智，迅速地夹了一块塞进嘴里。吃饭时本没有人说话，气氛是沉默的，只有碗筷声。我吃了一块猪肠后，气氛瞬间更为沉默了，碗筷声似乎更响了。我夹了一块猪肠后，桌上没有人看我，但每个人都看见了我的动作。过了一会，同学的父亲轻声说了句："吃。"我知道，这是在劝我吃菜。既然你自己主动吃了荤菜了，不劝一声就不好意思了。但我更知道，这表达的与其说是对我再吃一块的劝说，毋宁是对我再对猪肠下手的担心。我当然没有再吃一块。但我毕竟吃了一块。后来，每想起此事，我都觉得同学家人其实十分善良。你一个小孩子，说你是客，你就是客；不把你当客，也完全说得过去，不一定非要上荤菜。再说，你空着手来，又算不上是拜年客。上了荤菜，你还真吃了，也太不懂规矩了。这是馋战胜理智、毅力的又一次纪录。后来我想，我要真当了和尚，别人用一段猪大肠，就把我钓回俗界了。

关于吃肉，令人羞愧的记忆并不只有一桩两桩。再说一桩吧。

那时候，只有生产队才有牛，农民家里绝对没有。杀牛是严重违法行为。所以，想吃牛肉是与癞蛤蟆想吃天鹅肉的意思差不多。但有一年腊月，全村人还真吃了一次牛肉。

生产队里有一头水牛，很老了；老得不能耕田犁地了，但又绝不能杀了吃肉。于是，在那年腊月里，生产队决定让其自然死亡。自然死亡，上报一下，就可以剥皮取肉了。如何让其自然死亡呢？就是停止给它喂草喂水，任其饥渴而死。这是村里大人们的谋划，是一个秘密。但我们这些孩子还是知道了。于是，我们便天天到关着那水牛的牛栏里去，看看它何时能死。老牛蜷伏在牛栏的一角，四蹄都压在肚腹下。这头牛体型比一般水牛要大。虽然很瘦了，但还是黑乎乎的一大堆。它永远这样蜷伏着，似乎已没有站立起来的力量。头却一直是抬着的，从未见它把头低伏下去，甚至贴着地面。除了瘦，似乎与别的牛没有什么不同。但是，它实际上与正常的牛有着明显差别。牛这动物，有四个胃。当它休息时，是总在反刍着的。这头牛的嘴巴，却纹丝不动。不再给它喂料

吃 肉

了，它就是有八个胃，也是空的，反刍什么呢？我当时八九岁，连着几天，每天起床后便和一群同龄的孩子去看看这头牛今天是否死了；如果今天没死，那哪天能死。每天早上兴奋地走向牛栏时，都希望一进去就看见它死在那里，这样就可以吃上牛肉了。有的孩子还喊出了声："牛！快死快死！"

许多年以后，我回忆起这情景，印象最深刻的是这头老牛的眼睛。我们围着它；而它，对我们应该也是很熟悉的。它比我们都年长。它是看着我们长大的。年年夏天，它看着我们光着屁股戏水；年年冬天，它看着我们冻得缩成一团、鼻涕直流。现在，我们天天来催促它早死。它的双眼斜睨着我们，眼神是平静的，平静中有无奈，有悲哀，还有对人类的宽恕。后来，我每次读鲁迅的《颓败线的颤动》，都无端地想到这头儿时的老牛，都看到它那双眼睛仍然在斜睨着我。

但这样的状态并没有持续多久。有一天，家中突然分到一点牛肉。大人说，那老牛终于死了。我当时没有任何怀疑，相信了大人的说法。许多年以后，我越想越觉得事情很蹊跷。牛死了，这么大的事，我们怎么不知道？剥牛皮，分牛肉，这样的事情怎么一点动静都没有就结束了？我终于想明白，这牛并非自己死了的。大人们在一个夜晚弄死了它,然后就在那牛栏里剥皮、分肉。当天夜里把一切处得干干净净。这样的事情,当然不能让孩子们知道。

也确实不能等到老牛自己死去。不吃不喝,又在这样寒冷的天气里,老牛快速地瘦下去。瘦掉的可是牛肉啊!等到肉都瘦干了,只剩皮包骨,那所得就很少了。在饥渴和寒冷中慢慢死去,对牛是巨大的磨难。早点弄死它,它就早解脱了。这没有错。问题是,大人们偷偷杀了它,并非是出于对它在饥渴中受煎熬的怜悯,而是出于对它身上的肉日渐变少的痛惜。我相信一定是这样。我相信那些大人们,没有一个人为刻意让这头劳作了一辈子的老牛忍渴挨饿而有过一丝丝的愧疚。当然,他们这样做,也是没有办法的事情。这也是那个时代"平庸的恶"吧。

后来,我一次次审视那时的自己:每天看着那老牛时,心中是否有过难受?是否有过哪怕些许的哀怜?但我无法从那时自己的心灵中找到一点点我希望找到的东西,我不能确认我对这头老牛曾经生出过丝毫可怜之心。

我没有。其他的孩子也没有。

吃　肉

四

　　在任何一个时代，都不能用所谓"平庸的恶"来为所有普通人的作恶辩护。

　　我家乡的人们，在"吃"这件事上，是十分保守的。其他一些地方的人认为可吃甚至爱吃的东西，我家乡的人都不吃。不吃，有两种原因。一种原因，是因为没有吃的价值，吃了，得不偿失。另一种原因，则是对吃某些东西似乎有着代代相传的禁忌，吃了，就不齿于人类，就失去了做人的资格。

　　那时候，吃肉是奢侈的事。但素油也极其匮乏。素油的匮乏，使得有些本来很好的东西，也让人不感兴趣。例如黄鳝，那时我家乡的人们就几乎不吃。那原因，就在于烧黄鳝，必须用很多的油；没有油，便没有味道；即使用很多油烧出来了，黄鳝这东西也不解馋。既然如此，吃黄鳝就很不划算了。我小时候，家乡的人们在田间劳作，看见黄鳝是视而不见的。那可是真正的野生黄鳝，可是白送给人家，人家也不要。还有螃蟹，我家乡的人，那时是绝对不吃的。我见过在湖边打渔的人，一网拉上来，里面有螃蟹，拣出来又扔回湖里。这东西有什么吃头呢？浪费柴火弄熟了，吃了半天，不知吃下了些啥。田螺是吃的，但也很少有人吃，主要用来喂鸭。那时候，夏天的稻田里，田螺是很多的。我经常早晨起床后，提个篮子，到田里拣田螺。在家门口用石头将螺壳砸破，扔给鸭子；群鸭张开双翅、踮起蹼爪，以跳芭蕾的姿态哄抢着。河蚌则没有人吃。1970年代后期，大队从苏北请来两个农机师傅。这两人是叔侄。那个侄儿，一个小伙子，经常提个竹篮，到小河里拣河蚌，回来后在门外将蚌壳掰开，取出蚌肉。家乡的人，闲谈中偶尔会谈及此事，都觉得有点怪异。

不吃河蚌，还是习惯使然，谈不上禁忌。但不吃有些肉类，则近乎是禁忌了。例如，我家乡的人，是绝对不吃蛇的。吃了蛇，就像是做了不是人所能做的事。更不能吃的是猫。竟然吃猫肉，那是何其伤天害理。但那时候，我家养的一只猫，还真就被人杀了，吃了。

那时候，乡村人家，养条狗便是为了看家；养只猫便是为了捉老鼠。宠物的概念，乡村人家是难以理解的。狗呀，猫呀，烦人了，挡道了，便踢上一脚。当然，狗会踢得重一点。对猫，下脚则轻许多，通常是把脚伸到猫肚下面，将它撂开。现如今，看到一些人对猫的万分宠爱，我有时会想起当年家中的那只可怜的猫。那是1970年代前期，家中养了一只麻猫。

吃 肉

所谓麻，就是灰色的毛上有着黑色的条纹。乡村人家的猫、狗、鸡，白天总是外出，自由活动，天黑时则必定回家。我家的那麻猫也是如此。那时，离家不远的山上，住着一个看山的男子，六十多岁。胖胖的。我们都称其为看山佬。看山佬是外乡人。说是外乡，其实也就是十几里地以外。特意从十几里以外请来一个看山佬，那是因为他跟谁都不是亲戚，跟哪个都原不相识，才能铁面无私地负起看山的责任。我的家，虽然离这看山佬栖身的小矮屋不太远，但中间隔着一条小河，河上有一座桥。不知何时起，也不知是何种原因，家中的麻猫总是越过小河上的桥，到那看山佬屋中去，但到暮色苍茫时一定回家。有一天，入夜了，夜了很久了，夜饭早吃过了，猫还没有回来。那天，家中只有外公、外婆和我三人在家。"猫咋个还没回家呢？""猫咋个还没回家呢？"外婆念叨好几遍后，突然说："莫是让看山佬吃了吧？"外公听了没言语。我听到了则很惊讶。外婆的话，完全在我的经验之外，也是我无法想象的。直到今天，我仍然理解不了外婆怎么会有这样的猜测，又怎么会猜测得这样准。外婆说完后，外公脸一沉，抬脚便往外走。我马上跟上他。一会工夫，我和外公便到了看山佬的小屋。令我至今想起来还奇怪的是，虽然晚上了，他的小屋仍然是虚掩着。在乡村，睡前才插上门闩，那时家家如此。但他这是一个人住在山上呢。当然没有野兽。他也不怕坏人。哪个坏人会光顾看山佬的小屋呢？但是，他难道也不怕鬼吗？看来他是真的不怕。不是非常之人，也不会到外乡去当看山佬。他也绝对没有想到猫的主人会找上门来。外公推开小屋的门，肮脏的油灯下，看山佬正坐在小凳上剥猫皮。猫皮剥了一半。剥开的猫皮耷拉着。他粗糙的手掌上，有血，但血不是太多。毕竟，一只猫，流不了很多血。我和外公站定。外公在前。屋子实在太小了，我几乎要站到门外了。看山佬手上的动作停住了，眼睛里显出恐惧，嘴里嘟囔着："我赔，我赔，赔……"外公平时脾气火爆。虽然年已七旬，但身板硬朗。年轻时学过拳脚，又在冯玉祥的部队里当过兵，在江湖上闯荡过。我以为外公一定会发作。但外公双唇颤抖了一阵，一扭身往外走，我赶紧先退出门。又是外公在前我在后，回到了家中。自始至终，外公没说一句话。

快半个世纪了，我一直忘不了家里那只皮被剥了一半的猫，也忘不了看山佬那张丑陋的脸上的一双惊恐的眼睛。那时候，确实大家都很苦。那时候，确实大家肚子里都缺油水。但大家都保持着对那些禁忌的起码敬畏。没有人想到杀猫吃肉。更没有人会为了吃那几片肉而偷杀别人家的猫。这个看山佬，无疑知道

吃 肉

这猫是村子里人家养的,却居然下如此毒手。这不能用所谓"平庸的恶"来解释。到如今,我坚信这个看山佬本就是一个内心极其凶残的人。能够以这样的手段杀猫,就能够以这样的手段杀人。

到如今,我坚信,能够这样地吃猫的人,就也能这样地吃人。

2021 年 10 月 25 日初稿

11 月 29 日改定

队长

小时候，父亲打我，原因多数是我在外面闯了祸，有人告上门来，不打一打，不好向外人交代。但此类事情发生的频率并不高，平均一年不超过三次。我还没有顽劣到天天在外惹是生非的程度。但有几年，挨父亲打的间隔期比较短。那原因，是被人告上门来的次数多了些，而且总是被同一人告。那是我十多岁时候的事。我们那里，村与村之间，隔得很近，近得甚至只隔几块水田。两个村的孩子，玩着玩着就玩到了一起。邻村有个男孩，年龄与我相仿。这孩子，好像母亲没有了，家里只有父子二人。男孩子们在一起玩闹的时候，总难免有点摩擦，有点纠纷。这些摩擦、纠纷，别的孩子，谁都不会当回事。今天的玩闹结束，也就把今天的摩擦、纠纷留在了野外，不会带回家的。但这个孩子，却总是回家后，把刚才的摩擦、纠纷告诉他的父亲。于是，他的父亲立即牵着儿子，到那与他儿子发生摩擦、纠纷的孩子家告状，说别人的孩子如何欺负了他的孩子。他们父子手牵手到我家来过好多次。这孩子父亲，长得有几分像电视连续剧《射雕英雄传》中的柯镇恶。根据金庸小说改编的连续剧《射雕英雄传》播出时，我瞄过几眼，看到柯镇恶便想到儿时这个多次让我挨父亲打的人。

这对父子，总是在我家吃饭时出现在门口。这倒并非他们特意选择人家吃饭时上门，而是他们上门时人家恰好在吃饭。孩子们在外面玩闹，总是快吃饭时散去，各回各家。回家后不久，就开始吃饭了。而这个孩子，一进家门便向父亲诉说刚才与谁有了争吵，也许还总是哭着诉说。父亲应该也在忙饭，但立即熄了灶火，拉起儿子的手就往那人家走，到人家门口，自然是人家正在吃饭。所以，这对父子，大手牵小手地出现在我家门口，便总是我们全家围坐在饭桌边时，有时是午饭，有时是晚饭。我们那里的乡村人家，白天只要家里有人，大门是不关的，哪怕大冬天也如此。吃晚饭时天便黑了，门也不关。吃完晚饭，也只是把大门虚掩着，要到熄灯睡觉时，才把大门闩上。大白天而关大门，那一定是家中没人。所以，这个像柯镇恶的父亲牵着儿子到来，是不用敲门也不用推门的，总是一站在门槛边，我们全家便都看见了。前面几次，我的父亲还是听那个父亲控诉几句后才开始打我。后来，只要他牵着儿子的手往门口一站，脸上满是柯镇恶式的悲苦和愤怒，我的父亲便立即放下碗筷，抱起我往外走。父亲也许是有意，也许是无意，也许是半有意半无意，要抢在他开口之前对我下手。父亲抱起我，往村外的水塘急走，意思是要把我扔进塘里。扔进水塘，那当然是假的。生个儿子多不容易，哪能这点事就沉塘。父亲的行为是一种表演。必须在适当的时候把我丢在地上。刚走了几步就放下我，那肯定不行，不能平息那对父子的愤怒，不能消除那对父子的委屈。但在快走到水塘边时，必须把我放下来。这就需要我的协助了。我如果大声地哭，父亲就可以比较自然地松手，让我落到地上。但我并不哭。我挨打从来不哭。何况现在还没有打。走完一半路，我还不出声。父亲就会用左手的整条手臂托住我的背部，腾出右手的手掌，打着我的屁股。我仍然不会哭。就算痛得要死，我也不会哭，何况父亲整个身体的动作虽然十分夸张，但手掌落到屁股上，其实很轻，根本就不痛。有一次，父亲挥动手臂打了几掌后，在我耳边恶狠狠地说："你哭呀！"我于是竭力调动情绪，想哇的一声哭出来，还是哭不出来。后来，想到此事，我就觉得当时真是孩子，太不懂事。就算

队　长

哭不出来，叫喊总是可以的吧。大声叫喊，也算让父亲有台阶可下。但我总是既不哭也不叫，在通往水塘的路上视死如归。总是在快到水塘边时，父亲恼怒地把我往地上一丢，转身往回走。这时的恼怒，半是由于我饭前给他惹了祸，半是因为现在对他的不配合。父亲在前面走，我跟在后面，回家继续吃饭。好在那对父子也已经回家了。往往是直到告状的他们回家了，我还是不明白我怎么得罪了那个孩子。

小时候，我固然没少因为在外面做了坏事而招致父母打骂。但却并非我单方面地给父母惹事。父母惹了事而让我被别人打骂，也有过多次。父母惹怒了某个人，当然是大人，那大人便在我身上报复：这样的事情，在我的记忆里有好多次；老家的那个生产队长，就不止一次地把对父亲的怨怒发泄到我身上。

我是1962年生人。出生时，家在一个小镇上。母亲出生于这个小镇，父亲则是邻县人。父亲的家，在最底层的乡村。那时候，父母都是这个镇上小学的教师。到我六岁时，忽然有了来自乡村的教师必须回原籍任教的规定，父亲只得回到老家，母亲也跟着一起过来。父母都被安排在父亲老家的那个大队小学当教师。我的外公外婆只有母亲一个孩子，也跟了过来。父母是公办教师，是城镇户口，我们这几个孩子也是城镇户口。但是，外公外婆的户口只能落在父亲老家所在的那个生产队，成了归这个生产队队长管辖的社员。这样，父亲便不得不与这个队长长期周旋。

我们那个生产队，本是一个自然村。村子不大。那时候，也不到二十户人家，姓着同一个姓。若要追根溯源，都是同一个祖宗。本来应该是一个宗法色彩极强的小村落。但是，后来划分阶级成分，有的人家是地主富农，有的人家则是贫下中农，政治地位就天上地下了。那个生产队长，他的家当然是贫农。我家迁回来时，队长三十来岁，已当队长多年。队长身材高大、壮实，在农村算是力气大的人。本来，如果是村中的普通一员，力气大也不过力气大而已，没有什么了不起。在乡村，如果是杂姓窝，力气大不如兄弟多。所谓杂姓窝，就是一个村里有多种姓氏杂居，这就意味着血缘的多元化。血缘的多元化，便是宗法势力的分散和微弱。既然大家各有各的祖宗，那就没有统一的家规，没有凌驾全村之上的族长一类角色。这种情形下，发生冲突时，拳头就最有发言权。但是，一个人家，如果只有一个儿子，这儿子再有力气，也难以在村中称霸。双拳难敌四手。人多才是真正的力量大。一个乡村男子，再有力气，也是蛮力。一个人仅凭蛮力，是打不过几个人的。当然，是指几个同样年龄段的男人。在杂姓窝里，张家与李家有了矛盾，发展到武力对决的程度，就看谁家儿子多了。张家只

队　长

有一个儿子,这儿子力气比一般人大;李家有三个儿子,力气都一般。两家打起来,必然是李家占上风。张家儿子两拳再有蛮力,也胜不了李家六只普通的拳头。实际上,在传统的乡村,这样的张家和这样的李家,很难发展到打起来的程度。只有一个儿子的张家,会自然怯着、让着有三个儿子的李家。过去,乡村人家总要多生儿子,不只是为了传宗接代,更是因为儿多力量大。但如果是在一个单一血统的村落,情形会有所不同。单一血统的村落,宗法关系像一张网,笼罩着全村。有那种统管着全村的家族式权威。拳头的力量虽然不能说不重要,但不是最重要,更不是唯一重要的了。家家户户,都有着亲一点或疏一点的血缘关系,不能单凭拳头说话。在传统的乡村,宗法的力量比拳头大。但我们小时候的乡村,早已不是传统的乡村。宗法之网基本被摧毁了,如果一户人家有七个儿子,有可能老大是地主、老二是富农、老三是富裕中农、老四是中农、老五是下中农、老六是贫农,而老七,是雇农。这就在大体上分成了两个政治阶层。地主富农当然是一个阶层。下中农、贫农和雇农是一个阶层。中农一般情形下与贫下中农属于一个阶层。富裕中农身份最暧昧,也最尴尬,时而被踢入地主富农那个阶层,时而又被归入贫下中农这个阶层。两个阶层的关系,是管理与被管理的关系。贫下中农这个阶层，是管理者，地主富农这个阶层是被管理者。地主富农这个阶层，在另一个阶层眼里，是阶级敌人。而阶级敌人，"只准老老实实，不准乱说乱动"。当亲兄弟之间变成了这样一种关系时，传统的宗法之网当然就破破碎碎了。宗法的力量消退后，拳头的意义也发生了剧变。如果一个人是属于被管理者、被压迫者，是专政对象，那你的拳头再有力量，也变得没有意义。你不可能对贫下中农动拳头。只要你朝贫下中农龇牙咧嘴，便是梦想变天。每一个个体的拳头，都代表着阶级的力量。

我们那个队长，本来拳头就很有生理性的力量。不当队长，他那拳头也是贫下中农的拳头。不过，不当队长，他那拳头便只能在地主富农那里以优越者姿态出现；对同样是贫下中农的人，就只有生理性的力量，而没有象征性的权威。一当队长，那拳头在全队所有人面前就不是普通的拳头了。权力与拳头相结合，就使拳头变得威力无比。队长脾气火爆，一不高兴便揎拳捋袖。但真的动手打人的情形是不多的。那原因，就是人们在他的手掌握成拳头前，便怂了。他没有必要去打一个已经认怂了的人，毕竟有着或浓或淡的血缘关系，多少还是要讲点情面。所以，他那拳头，主要起着威慑作用。那些年，队长真是天威莫测，动不动就不高兴了，就发脾气了。不高兴、发脾

队　长

气，当然是有人惹恼了他。但那惹恼了他的人，往往在他的脾气发完后还不明白到底是如何惹了他。队长如果对谁生气了，找茬是很容易，报复是很方便的。最简易有效的方式，是在出工时挑你的毛病。大家都在水田里插秧。插着，退着。忽然队长站到了你的身后，挡住了你的退路。你屁股一撅，碰到了他的小腿。头一扭，再一抬，看见了队长那张很有些横肉的脸，脸上点得着火。你一回头，队长便开骂了。队长的骂，基本只指向你本人，很少株连到你的祖宗。因为你的祖上，可能也是他的祖上。至于骂你的理由，或是秧插得太密了，或是秧插得太稀了。总之是说你密你就密，不密也密；说你稀你就稀，不稀也稀。这时候，被骂的人，必须停下手里的动作，听他的骂。手不停下来，就表示充耳不闻，就显示了蔑视，那后果是很严重的。但是，又不能站起身，站起身就让人感到了不服，就有点抵制、抗拒甚至挑战的意思。所以，当你在插秧而队长在你身后骂着时，你必须仍然弓着背、俯着身，一手抓着一把秧，一手空悬着。不过，完全保持插秧的姿态，也不行。在手停下的同时，头要向后侧着，表示在侧耳倾听。队长骂完了，回到了自己的位置。这时，你可以直起身，用手背擦一下额上的汗。你看看两边，怎么也感觉不到自己插的比别人更密或更稀，于是，你知道挨骂的原因并不在这水田里，而是在别处。但这直起身的时间不能太长。时间长了，便好像要"罢农"了，队长又会站到你身后。你赶紧弯下身，继续插起来，同时脑子里拼命寻求着队长发火的原因：是昨天的哪一句话得罪了他？是前天的哪一个动作惹怒了他？还是大前天的哪一个眼神触犯了他？

队长在当队长前是滴酒不沾的。当了队长，没几年，变得十分贪酒，酒量也大，成了村中特别好喝酒又特别能喝酒者之一。就是从他身上，我知道酒量是能练出来的。队长的酒量，当然不是在自家的餐桌上练成的。不知从何时开始，村里谁家来了客人，必请队长陪客。乡村人家的客人，大多是亲戚。亲戚来了，要吃顿饭。那菜，总要想方设法弄得好一点。鸡蛋平时舍不得吃，攒在那里，去换油盐钱。亲戚来了，总要掏出几个。如果还留着点咸鱼腊肉，这时候就也要拿出来。咸鱼腊肉留着干什么？就是待客用嘛。酒，那时候，供销社卖两种。一种高档些，一块一毛二分钱一斤，是高粱酒；一种便宜些，八毛二分钱一斤，是地瓜酒。当然都是散装酒。买散装酒，叫做"打酒"。供销社装在一口大缸里卖，用端子做量器。所谓端子，是竹子做成。竹子是一节一节地长成的。节与节之间是闭合的，但竹身是空的。截取一段竹竿，大概一尺多长，把一端的头一节留下，上面削

队　长

得只剩下半寸宽的一长条，作柄用。留下的那一节，也还要削，削到可容二两酒的程度。那柄的顶端，用火烤弯。竹子这东西，受热后可弯曲而不断裂。冷却后则弯成什么形状就固定为什么形状。把端子柄的顶端制作成弧形，供销社卖酒的营业员用食指勾住那弧里，把拇指压住弧面，从酒缸里舀酒，舀完了，把那弧形的竹钩挂在缸沿上。这个系列动作，人们称作"打"。人家到供销社买酒，必定要带个空瓶。供销社备有小小的漏斗。买酒的人来了，把空瓶放在柜台上，说："打二两酒。"于是营业员把漏斗往瓶口上一卡，用两根指头捏起竹端，在酒缸里舀一端子酒，倒入漏斗。我的父亲，好酒，酒量也很好，但很少喝。喝，也是二两而已。每次都是我拿个空瓶去打酒。既然家里来了客人要请队长作陪，那当然多少要打点酒。打不起高粱酒，也要打点地瓜酒。请队长作陪，就是陪客人喝酒嘛！没有酒而请队长来吃饭，那不是戏弄他吗？不但不能讨好，反而浪费了饭菜。那时候谁家弄点饭菜都不容易。

这家来了亲戚，请队长陪客了，那家也跟着学。很快就成为村中的一条常见规则。无论谁家来了亲戚，必定请队长一起吃饭。当绝大多数人家都这样做时，少数几家再怎么不愿意，也是顶不住的。平时当然也会有人家来亲戚，但那好长时间等不到一家。但每年端午、中秋和过年前的一段时间，来亲戚的人家很多，队长也就很忙。我们那里的习俗，嫁出去的女，每年这三个节日，要回娘家看望父母；父母不在了，则看望兄弟。当然不能空手来，必定要带礼物，所以这行为便叫做"看礼"。端午节，叫看端午礼；中秋节，叫看中秋礼；过年，则叫做看年节礼。在节日之前一段时间的某一天来便好。礼物，也有一定的规矩。通常要带二斤猪肉，再加上些糕点之类。每年的这三段时间，队长吃了这家吃那家，总是酡红着脸、油腻着双唇，出现在村头巷尾。说是女儿回娘家，其实女儿自己通常是不回来的，尤其是儿女成群的老女儿，很少亲自回娘家。年轻一点的女儿，是丈夫来看礼；年纪大了的女子，则由儿子来看礼。乡下女人，一出嫁当了主妇，是很难离开家的。家里要有人烧饭，鸡和猪也要有人照管。年纪大了，父母一般都不在了，那就是外甥看望舅舅和舅母。何况，在我小时候，年纪大一点的妇女，都还是从小裹了脚的，后来虽然放开了，成了"解放脚"，走起路来仍然不方便。所以，来村中看礼的，都是男人，都是能与队长碰杯的人。撞车的事情肯定难免。走亲戚，总是上午来，吃顿午饭便回。同一个中午，如果有两家都来请队长陪客，那队长只能选择一家，当然是选择经济条件比较好些、桌上酒肉比较丰盛的那家。这样的时

队　长

候,不知队长是否想过为全村的亲戚,排一个来村的时间表。

先是来了亲戚,要请队长作陪,后来发展到谁家来了匠人,也要请队长作陪。乡村人家,一般每年总要请几次匠人。请裁缝来家做几天衣服。请木匠来家修理点旧东西,做几件新东西。再有,就是请瓦匠来捡漏。这个捡漏,与古董市场上的捡漏,意思大相径庭。房子住着住着,会漏雨。黄梅天里,天天下雨,便发现这里那里,有水从屋顶滴下,只得把脸盆脚盆都用上,接漏。黄梅天过去,赶紧找时间请瓦匠来,把屋顶的瓦重新铺排一遍,滴水的漏洞自然也就堵住了。这个过程叫捡漏。当然,这个"捡"字是我的猜想,未必真是这个字。匠人在家期间,饭桌上比平时多几个菜碗,碗里多一点油水便好。但收工那天的最后一顿饭,要弄得像样些,如果可能,要起个黑早,到公社食品站排队,买点鲜肉。本来需不需要备酒,我不知道。但我知道,自从匠人的最后一顿饭也要队长陪的规矩形成后,这顿饭也必定要打酒。多了个队长,最少最少,要多打二两酒。就算是地瓜酒,那也要一毛六分多钱。那时候,盐是一毛五分钱一斤。请队长陪客,一顿饭光多花的酒钱,就可以买一斤盐。队长本来未必没有起码的纯朴。当了队长,他一定没想过要到家家去陪客。如果没有人开这个请他陪客的先例，他绝不会要求在村中有如此待遇。但是，当来了客人，有了匠人，请他陪客成为惯例、成为规矩后，他就认为请他陪客是天经地义。谁家不请，就是在有意冒犯他，就是在存心让他难堪，就是在藐视他的权威。是可忍，孰不可忍？一开始，人家请他陪客，是讨他的好，是想从他那里得到些额外的照顾。等到家家都非请不可的时候，请他，就不再是讨好，而是避祸；不再是求福，而是禳灾。队长的骄横，固然与手中有权力有关。但他的无耻、下作、流氓品性，却很大程度上是村民们合力引诱、开发、培育出来的。

队长一喝醉，就会发酒疯。平时，队长还是有分寸的。他发火、骂人，只要你不还嘴、不辩解，他还不至于动手。但喝醉了，就可能根本不骂人，而是直接动手动脚，让人猝不及防。所以，队长一喝醉，人们便尽量躲着他。但平时在人家陪客人、匠人时，喝醉的可能性很小。来个客人、匠人，菜比平时好一点，再有点酒，是尽个礼数，不是大吃大喝的时候。队长发酒疯，一是在过年时，或是村中有人结婚时。过年，每年都有一回。结婚，也是每年总有一两家。所以，队长饮而醉、醉而疯的机会，每年还是有那么几次。有一年过年期间，我眼见过一次他的发酒疯。那天早上，他家来了拜年客。他陪客人喝了酒。送走

队　长

了客人，他在家门口站着。村中一位男子从他家门口走过，掏出一包"飞马牌"香烟，抽出一支，给他敬上。上海产的"飞马牌"，那时是名烟之一，人们很难见到，因为即便有钱也买不到。队长掏出火柴，点着了烟，深吸了一口。这时，又有一人走过来了。这个人，年龄比队长大十多岁，当时已经四十几岁了，但辈分比队长低一辈，是与我同一辈的。虽然年龄比我大三十来岁，我也叫他哥。这个人，自己性情比较懦弱，但妻子十分凶悍，以善骂而令人胆寒。他家的成分是贫农，政治上也没有什么可顾忌的。有一次，他的妻子发觉自留地的菜被人偷了，或者，是感觉被人偷了，便站在村口骂，骂了几个小时，话几乎不重样，令我万分佩服。后来，我多次见到有些领导，如果不念稿，即兴讲话，便讲的都是车轱辘话，颠三倒四地重复着，我便想到小时候村中这位嫂嫂。我想，如果让她当个干部，讲起话一定十分精彩。站在村口骂，那是因为她不知道是谁偷了她的菜，算是在骂街。如果知道是谁偷的，她就会到人家门口去骂，那才算骂人。正因为这位嫂嫂有如此本领，村中人对这家人都有些敬而远之。队长在没有当队长时，也是尽量不惹他们家。但当了队长，就不在乎村中任何人了。

小时候，许多事情看不懂。后来，回想起那段岁月,才体会到父亲那些年与队长相处的艰难。父亲比队长年岁略大一点。队长叫父亲是哥。我则称队长为叔。队长上过几年小学,与父亲是同学。那时候,自然天天一同来回。在他们上小学时,父亲的家境比队长的家境,要好许多。队长家那时算村中的贫困户,据老辈人说,冬天上学,连棉鞋也没有。而我的爷爷,对队长家时常有些接济。队长上了几年小学便辍了,在家务农。父亲则小学毕业又上了师范学校,成了"人民教师""国家干部"。我的父母,求学经历相同,后来的工作经历也相似。都是先当了多年小学的"人民教师",后来又调到中学。但即便是小学教师,毕竟也是"吃国家饭"的人,村中一般人,对父亲是很敬重的。父亲与他们相处,也很容易。对长辈、对平辈、对晚辈,都以传统的礼数相待。队长如果不当队长,也会像其他人一样对父亲只有敬重。父亲也不会为怎样与他相处而头痛不已。但队长成了队长后,与父亲的关系就微妙起来。从父亲这方面来说,队长是平辈人,是小时候牵着自己的衣角上学的人,本来像对待村中其他平辈一样对待他,便好。但他现在是队长,是统领全村的人物。再像对待其他平辈一样对待他,显然不合适。如果仅仅只是住在村中,全家与队上没有任何利害关系,也还罢了。父母和我们这些孩子虽然是吃商品粮的城镇户口,但外公外婆的户口

队　　长

　　落在生产队,算是队长的社员,要从队上讨衣食,仅此一点,父亲就不敢得罪队长。即便我们家没有人是人民公社的社员,父亲还有几个亲兄弟,都是一大家子人。父亲开罪了队长,队长拿父亲没办法,完全可能报复到父亲的兄弟身上,这样,父亲的几个兄弟就有足够的理由埋怨父亲给他们惹祸。但是,要父亲完全像村中其他人一样在队长面前低眉顺眼、时时表现出对队长的敬畏,那又太难为父亲了。说父亲是以平常心对待队长,既不讨好他,也不得罪他,这可能美化了父亲。其实,既不讨好也不得罪,本身便是不可能做到的。在很多时候,不讨好便是得罪。为了不至于得罪队长,父亲还是对队长采取了起码的讨好之举。既然家里来了客人、匠人而请队长作陪,成了习惯,那我们家也不能置之不理。家里有了客人、匠人,父亲也要请队长陪着吃饭喝酒。但父亲不会自己去请。这个使命,通常由我承担。第一次,我受命请队长,以为队长至少要说几句辞谢的话。但队长没有,应了一声,让我先回,他过会就到。我前脚进家门,队长后脚就到了。

　　那时候,每天晚饭后,总有人到我们家来,坐在一起闲聊。通常是三个五个。如果是夏天,则坐在门口的空地上。我们家管茶和烟。茶,是茶灰泡出来的。现在的年轻人,都不知道茶灰是啥东西了。茶灰，颜色灰褐，细如面粉。我想应该是粗老的茶叶和茶梗碾碎而成。那时，供销社里卖两种茶灰，一种四毛多钱一斤，一种六毛多钱一斤。农民家，也不特意烧开水。锅台靠近灶门的地方，安有一只吊罐，是葫芦形，铁制。烧饭时，往吊罐里注满冷水。饭烧好了，吊罐里的水也开了，便抓一小把茶灰放入竹壳水瓶，再往水瓶中倒上开水。茶灰虽然属绿茶，但泡出来的茶红红的颜色。一小把茶灰，就能让一整瓶水变成很浓很浓的茶。一斤茶灰，要喝好长时间。我们那里的农家，是没有喝开水的习惯的。再穷的人家，茶灰还是要喝的。形容一个人家穷，有时会说："穷得喝白水。"叶子茶是稀罕之物，农民家，常年也见不到茶叶。叶子茶，被人们叫做细茶。喝细茶，是身份、地位的象征。我小时候不明白为何把叶子茶称作"细茶"，明明茶灰才更细嘛。后来才明白，这也许是从口感上说的。茶灰茶，味道粗粗厚厚的；叶子泡出的茶，则要清淡许多。我们家，在春天新茶出来时，偶尔会得到一两二两细茶，父亲十分珍爱。有一次，父亲用茶叶泡了一杯茶，特意用有盖的瓷杯泡，放在一个有点隐蔽的地方。我从外面回来，无意间看到了那茶杯，随手拿起来，揭开盖子，喝了一口，不冷不热，感觉甚好，又正好口渴，便脖子一仰，喝干了。又自作聪明，用竹壳水瓶里的茶把杯子加满。父亲忙

队　长

完了，想享受一下难得的好茶，喝了一口，感觉不对，看一眼杯中，就明白怎么回事了。那竹壳水瓶里的茶是茶灰茶，颜色要浓许多。父亲脸上一瞬间的表情，我终身难忘。是哀伤，又不完全是哀伤；是愤怒，也不完全是愤怒。这表情，在哀伤、愤怒中夹杂着失望。如果仅仅是喝了杯中的好茶，父亲不会太在意。倒入了茶灰茶，这一杯细茶就变成粗茶了。我想，父亲可能以为我是刻意要掩饰自己偷喝好茶的行为，才往杯中倒入茶灰茶。但我其实并不知道那杯中本来泡着特别的茶，喝完又添上，是自然的行为。因为父亲并没有责难，我也就无由说什么。以后我才明白，即使是父子之间，有些误会也是难以解释的。村中人晚上到我家闲坐，茶灰茶和旱烟管够。喝茶，是一人一只碗。抽烟，则共用着我家的烟筒。烟筒是用竹根做成。这个抽完了，递给那个。在递出前，用手掌握住烟筒前面嘴巴含着的那一段，来回转一转。这是在清除自己的口水，也是一种礼节。当然，过一会，烟筒又转回来了。大家就这样喝着茶，传递着烟筒，有一句无一句地说着闲话，总要到该睡觉的时候才散去。队长有时也会来坐坐。队长若来，父亲会从里屋拿出香烟，给每人递上一支。那时候，农民一般不会买香烟，有人敬烟才能抽上一支。但这种机会，一年也不会有几次。父亲自己也抽旱烟，是专用的烟筒，但总备着香烟。能买到的高档香烟是三毛多钱一包，低档则一毛多一包。最便宜的是九分钱一包的"丰收牌"。父亲则总是买二毛多钱一包的中档烟，是外出办事或家中来客用。村中夜夜来闲坐的人，不能算客人，无须敬上香烟。敬上香烟，便是特别的礼遇，来人会有些喜出望外。队长知道，是因为他来了父亲才拿出香烟；其他人也知道是沾了队长的光。如果来人不多，父亲也许还会敬两次烟：刚来时敬一次，快散时再敬一次。如果再敬一次，父亲肯定是经过几番掂量才做出的决定。而且，肯定有些心痛。有四个在上学的孩子，还有两个老人，全家八口，靠父母那微薄的工资支撑，支撑得颤颤巍巍。

尽管父亲苦心孤诣地要与队长搞好关系，但相处得总是磕磕碰碰。如果不是儿时的伙伴，如果我的爷爷没有经常性地接济过他家，后来的相处也许要简单容易些。有了过去的那种关系做底子，后来的相处倒艰难了许多。父亲没有指望队长有感恩之心。但曾经的受惠，要么顺变成谢意，要么逆化为怨恨。队长到底是以怎样的心态与我家相处，队长到底对父亲有怎样的要求和期待，父亲一直没有琢磨清楚。我后来才想明白，队长到底对父亲要求和期待什么，他自己也一直不清楚。要父亲像村中其他人一样对他低眉顺眼、恭恭敬敬，队长也知道这不太合适；但父亲不像

队　　长

其他人那样对他低眉顺眼、恭恭敬敬，队长又有些感觉不适。父亲没弄明白队长的要求和期待，就总是拿捏不好对待队长的分寸；队长自己也不知道到底想要什么，便难免喜怒无常。村中有人惹队长生气了，队长必定要把气发泄出来。对父亲也不例外。但父亲毕竟不是队上的人，无法在出工时找茬。对父亲，怒骂、挥拳，他还不至于如此。队长对父亲发泄怨怒的方式，往往是阴性的。父亲告诉我，有一次，递给队长一支香烟，队长接过去，又向地下一手。父亲知道又惹队长生气了，但死活不知道是如何惹得队长生气了。父亲惹队长生气了，队长有时候就把气撒到我身上。有一次，是初夏时候，我与村中一个同龄的男孩，各拿着一把种棉花用的铲子，在生产队的田里捉黄鳝。那铲子，只有大号的锅铲那么大，有一根长长的木柄。我和那个同伴刚到田埂上，队长也来了。队长扛着锄头，在巡视水田。看见了我们，队长快步走过来，先是弯曲起右手的食指和中指，在我头上敲了两下，敲得不轻不重。然后，队长抢过我手中的铲子，扔到田埂上，抡起锄头，把那木柄断成四五截。然后便扬长而去。自始至终，队长没有说一句话。另一个也拿着铲子的孩子，队长自始至终，看都没有看他一眼。我那时虽然只有十多岁，已经明白是父亲又得罪了队长。还有一次，一群孩子在生产队的田里拾稻穗，我也在其中。稻子已经收割完了。田里多少会有几根漏收的穗子。我挽着个竹箩，混在孩子们中间，睁着眼睛在稻茬间寻找着，突然头上挨了两下爆栗，我一扭头，队长站在身后。我惊恐地看着这个我叫他叔的人，这个叔却不看我，在我后脑敲了两下后，一把扯下我挽着的竹箩，扔到地上，然后抬起右脚，几下便踩碎了。然后便转身忙别的去了。

这样的事情有过几次之后，我在生产队的领地里走着、玩着时，便总是很紧张，时不时地四处张望，如果队长在视野里出现，便紧盯着他；只要感觉他冲着我走来，便赶紧跑开。我实在不知道父亲是否又给我惹祸了。

2022 年 2 月 22 日

奇
书

在人类中，有一种人，被称作花痴。花痴，其行为特征是毫不掩饰对异性的渴望，甚而至于对异性的追求几乎成为其全部的生命活动。当然，成为花痴的前提，是渴望异性、追求异性而又绝难亲近异性。花痴，大概可以说就是性饥渴的极端表现，这与腹中极度饥饿道理是很有些相通的。食色，性也。一个挨了几天饿的人，眼睛里只有能吃的东西，睁大眼睛到处找吃的，看见鹅卵石也会幻想成窝窝头，看见土疙瘩都希望是面疙瘩，看见有人吃东西甚至会伸手抢夺，这就可以称作食痴。只不过，对于腹中的极度饥饿，绝少有人能扛得住。主动的绝食另当别论。被动的挨饿，饿上三天，就很少有人能够温文尔雅，很少有人能够文质彬彬，很少有人能够德高望重，很少有人能够尊老爱幼，甚至很少有人能够父慈子孝。如果三天不够，就再加两天。饿了五天而不死，却仍然能够不沦为食痴，就可以称作圣贤了。比较起来，性饥渴对人性的考验，要温和许多，远不如食欲的惨烈，所以呢，即便性在猛烈地饥渴着的人，也大抵能够把这欲望抑制在身体内部，不能任其恣意显露，不能任其欢腾奔跃，不能任其四处漫溢、泛滥成灾。能够这样地管控住自己性饥渴的人，就是正常人。但也有人，终于管控不住了，终于破防了，终于让对异性的渴望和追求把自己淹没了，便成了花痴。

性欲比食欲容易管控，所以孔夫子把食置于色之前。但在正常人与花痴之间，并不是一条截然的界线，没到花痴的地步但偶尔或常常有些出格言行，这样的情形在日常生活中是常见的。一个人，当然是男人，长期在单位里是很正常的人，或许还道貌岸然得很，正人君子得很，忽然有一天，说他在外面骚扰女性了，被警察抓住，让单位去领人，那细节恶心得难以叙说，这样的事我见闻过，而且不止一次，那就是平时阻拦洪水的堤坝，在外面瞬间崩溃了，干出了甚至是正规的花痴也未必干得出的事。还有些人，则经常性地对异性有过分的举止，或者是一句话，或者是一个动作，甚至只是一个眼神，让异性恼怒，也令旁人侧目。这就是那阻拦洪水的堤坝，虽然没有出现溃口，虽然没有出现决堤，但不断有管涌出现，在翻沙鼓水。这样的可以算作准花痴的人，就更是多见了。

小时候在乡下，我见过几个花痴，都是男性。其中一个，是我一个高中同学的哥哥。同学叫结洪，他的哥哥叫结根。结根正式成为花痴时，刚刚三十岁。他的终于成为花痴，与一本书有关。这是一本光明正大的书，一本行得正坐得端的书，一本身正不怕影子斜的书。书的名字是《赤脚医生手册》。

一

进入1970年代，在上头的命令下，每个大队有了一个赤脚医生。赤脚医生是由大队领导指定的，当然是要上过学的，有的上过中学，有的则只上过小学。完全不识字，那就不合适了。被选定为赤脚医生的人，集中到县里培训一下，回来便背着个药箱行医了。"赤脚医生"身份仍然是农民，仍然参加生产队的集体劳动，有人来请他看病，他便把自己从农民切换为医生，所以有了"赤脚医生"这样的称号。

要问赤脚医生的出现，给乡村社会带来了什么变化，恐怕首先要说到随着赤脚医生的出现而出现的一本书：《赤脚医生手册》。这是那些年特别常见的几种书籍之一。既然是医生,哪怕是赤脚医生,也总要懂一点医学知识,也总要学一点治疗技能,于是便有了这方面的教科书性质的书籍问世。最初,是上海的出版社出版了一本这样的书,命名为《赤脚医生手册》。这《赤脚医生手册》,对"诊断"和"治疗"两方面的"基本"知识,做了包罗万象式的介绍。但这样说却又并不十分妥帖。《赤脚医生手册》的内容并不限于"诊"和"治"的范围,也不完全是医学知识。这本医学性质的书,印在前面的是许多与医疗卫生有直接或间接关系的"最高指示","最高指示"后面是《纪念白求恩》全文,这之后,才进入正题。进入正题后,扑入眼帘的,是"除四害"的内容。"除四害",是1958年部署的全民性任务。"四害"是四种生物,名单发生过几次变化。首批入选者,是苍蝇、蚊子、麻雀、老鼠。后来,说是因为麻雀并非只有害,更有益,便把麻雀赦免了,换上了臭虫;再后来,臭虫又被赦免了,换上了蟑螂。麻雀从刑场上逃脱,据说是因为生物学家疾呼"刀下留雀",至于臭虫免遭灭族之灾,是否因为昆虫学家强调臭虫并非只是臭,还有香,呼吁"刀下留虫",我一直没研究明白。到了七十年代的《赤脚医生手册》里,"四害"已经没有麻雀的踪影。早些时候出版的《赤脚医生手册》,"除四害"的内容是"灭蝇""灭蚊""灭鼠"

"灭臭虫",晚些时候出版的《赤脚医生手册》,蟑螂顶替臭虫被押在那里。在"四害"之外,还要附加两种须除掉的"害":虱子与跳蚤。"灭虱"与"灭跳蚤"以"附一""附二"的方式排在那"四害"后面。为什么不干脆打出"除六害"的旗帜呢?我想,是因为"除四害"的旗帜早已打出来了,"除四害"的口号早已深入人心了,内容可以变换,旗帜、口号不便改动,便让虱子与跳蚤牵着臭虫、蟑螂的衣角而赴死就戮。同是被消灭,却有了与前面那四害不同的待遇,这就像那时法院枪毙犯人的布告,标题常常是"决定对张三、李四等执行死刑",虱子、跳蚤,就成了那个"等"。

但无论是消灭蝇、蚊、鼠、臭虫也好,还是把"灭臭虫"换成"灭蟑螂"也好;无论是除四害也好,还是除六害也好,都不能说是医学范围的事,都不是医生的职责。当然,要求赤脚医生担负这样的使命,也不是完全没有道理。那理由,是这些个"害"能够传播疾病,所以要求赤脚医生首先要担负起对消灭苍蝇、蚊子、老鼠、臭虫和蟑螂进行技术指导的职责,这恰如要当厨师而首先要去打鱼捞虾捉鳖,要去养猪喂鸡种菜。如果说《赤脚医生手册》介绍的都是医疗卫生方面的"基本知识",也不完全符合实际。《赤脚医生手册》,在介绍完除六害的知识后,接着说的往往是"战伤救护及'三防'"。所谓"战伤",就是战地伤员的意思。战地伤员的救护,与一般的救死扶伤不完全相同,有其明显的特殊性,对于农村大队的赤脚医生来说,不能说是"基本知识"。

先是上海的出版社出版了《赤脚医生手册》,后来各省都出版了同样性质的书,内容几乎没有差别,书名也一律叫做《赤脚医生手册》,所以,《赤脚医生手册》与别的书名不同,它并不是某一本书的名字,而是某一类书的称谓。

《赤脚医生手册》,是赤脚医生人手一册。这《赤脚医生手册》想必就是培训时的教材。不用说,这教材是公家发的。培训结束,这教材可以带回来。那时候,即便在乡间,也有些书,在暗暗地从这人到那人地传阅着。这些书之所以流传过程是暗暗的,因为它们本是禁书。但有一种书,也在流通着,也在从这人到那人地传阅着,这就是《赤脚医生手册》。赤脚医生人手一册,但每个大队只有一个赤脚医生,虽然全国的绝对量很可观,但相对于一个大队有阅读需求的人,一册还是少了些。所以这《赤脚医生手册》总是在频繁地更换着捧它的手和看它的眼睛。《赤脚医生手册》是那时公开出版发行的读物,前面印着许多高大上的政治内容,按理,是十分合法、极其正当的出版物,可它的流通、它的传阅,却也有些似明若暗。

他们借这书时,往往避着人,有些偷偷摸摸;他们读这书时,就更是躲着人了。借这书、读这书,都像在干一件见不得人的事。那原因,就在于他们感兴趣的,他们贪婪地品味着的,是这《赤脚医生手册》里的一部分特殊的内容。

二

那时候,天天看到、听到的口号之一,是"妇女能顶半边天",还有一句对这口号阐释性的话:"男人能做到的事,女人也能做到。"在许多方面,男女平等到了极致。这样地强调男女平等的结果,是女性区别于男性的生理性的方面被忽视到了极致。女性区别于男性的生理性的方方面面在日常生活中甚至是一种禁忌性的东西,社交场合谁要说到女性的生理方面,就有耍流氓之嫌。文艺作品里,女性的下巴以上的部位还可以表现一下,说一个女性睫毛长长的,眼睛水灵灵,脸蛋红得像苹果,是可以的,到了脖子那里就是禁区的开始。脖子以下的身体部分不能谈,就是与某些部位有关的贴近身体却又并不是身体的东西,例如女性的胸罩、内裤……也是谁要说出口就会遭来惊恐的目光。这样一来,女性的身体,对于已经发育而又未婚的男性青年,是令人无限神往之地,却也是极其神秘之境。男人们在一起聊天,总难免谈女人,总要自然而然地谈到男女间的性事。今天,男人们嘴上的黄段子,那是花样不断翻新,内容丰富多彩。每个黄段子其实都是一篇微型小说,构思往往堪称巧妙,状物每每颇为准确,叙述常常十分生动。那个时候也有那个时候的黄段子,但比起今天的黄段子,就太寒酸太简陋了,就太直白太没嚼头了。那差别,与那时候人家的餐桌和今天的差别一样,与那时候人们的衣着和今天的差别一样,与那时候人们的住房和今天的差别一样。如果说今天的黄段子,像阳春三月的杜鹃花,漫山遍岭地妖娆着,那时候的黄段子,就如狗尾巴草了。原因呢,我想,就在于今天黄段子的创作者和欣赏者,都是对男女的生理情形很熟悉者,都是对男女的性事有很深切的了解者。黄段子这东西,也是民间文学之一种,也符合民间文学生产的一般规律,即一般不是一次性完成的。那些比较复杂、含蓄的黄段子,从最初的创作者口里出来时,可能要简单些,要浅露些,是在口耳相传的过程中,被欣赏者不断丰富和深化了。所以,一个复杂、含蓄的黄段子,也是一个小小的雪球,是滚出来的。而那个时候的黄段子,可能是以反常规的方式流传着。那个时候的黄段子,大多是从很早的时候流传下来的,当时人创作的很少。而我怀疑，那个时代人们偷偷地说着和偷偷地听着的黄段子，原本不是那般寒酸简陋、直白寡味，只是在那几十年里渐渐变得寒酸简陋、直白寡味了。创作需要资源，需要生活经验做基础，欣赏也需要资源，也需要生活经验做基础。那个时代的黄段子流传，为什么走了一条与今天相反的路呢？就因为今天，不仅是黄段子的创作者有丰富的想象资源和坚实的生活经验，今天的黄段子欣赏者，也是有丰富的想象资源和坚实的生活经验的。而那时候，黄段子的传播者，例如未婚男性青年，是极其缺乏想象的资源和生活的经验的，黄段子中那些幽微曲折之处，他们无由领会、难以欣赏，就在叙说时有意无意地简化了，甚至干脆删略了。

《赤脚医生手册》的出现，多少改变了这种状况。

虽然在当时的日常话语中，几乎抹平了性别差异；虽然在日常生活中女性不同于男性的性别特征被忽视得很严重，虽然在阶级斗争和生产斗争的很多时候女性不同于男性的生理条件总是被人们有意无意地忘记，但《赤脚医生手册》既然是一本介绍和讲解人类各种疾病的书，就无法无视女性在疾病方面的特殊性。女性也是人。女性与男性当然在生理方面有许多共同之处，但女性毕竟有男性所没有的病苦，并且这女性特有的病苦还不是零星的，而是系统性的。女性特有的病痛，常常与生殖有关。要问女性与男性的最大不同是什么，要问女人与男人的本质区别是什么，最直捷最朴素的回答是：女人能生孩子，男人不能。我上大学时，一位男老师认为自己受到了学校不公正的对待，他发了一句牢骚："我在学校几十年，除了没有生孩子，什么事没做过！"意思是，他为学校做了一个男人能做的一切。那时我就知道，男女最根本的差别，在能否生孩子上。生孩子，是一个系统工程。使得《赤脚医生手册》不能忽视女性生孩子问题的更直接的原因，还在于为产妇接生也是赤脚医生的职责，所以赤脚医生应该掌握接生知识和技能。由于无法忽视女性疾病的特殊性，由于赤脚医生也要学会为产妇接生，在这本书中，就要专门介绍和讲解"产科和妇科疾病"。要介绍和讲解妇产科疾病，就要介绍和讲解"妊娠生理""分娩过程"，就要介绍和讲解"流产"和"难产"，而在介绍和讲解这些个事情之前，首先要介绍和讲解"女性生殖器解剖及生理"。《赤脚医生手册》，配有大量插图，几乎所有像模像样的东西，都配有插图。这个女性身体上最隐秘的部位，这个在男性嘴上的黄段子中出现得最多的器官，也配有一幅插图，而且比一般的插图都要大些。

如果说关于女性生殖系统的介绍和讲解，还只是单方面地提供了女性身体的知识，没有直接涉及男女性事，那在"计划生育"的章节，则多少要触及这个双方共同进行的事情。要谈计划生育，当然要说到如何阻止怀孕；要谈如何阻止怀孕，不能不说到怀孕是怎样产生的。避孕的方式有多种，最常用的还是由男方在行事前采取的措施。采取这个措施，必须使用一个工具。这个工具，在那时的《赤脚医生手册》里，叫作"阴茎套"。现在，则正式的名称叫做"避孕套"。人们在日常说话时，还嫌"避孕套"太露骨，未免有些粗俗，而委婉地称作"安全套"。这个小小器具名称的变化，也反映了数十年间社会心理的变化。在《赤脚医生手册》风行的年代，人们极力回避与男女性事有关的问题。按理，在给这个器具命名时，应该尽量隐晦些、含蓄些，可却如此直接，意思表露得如此赤裸裸。那原因，就在于那时的社会心理，整体上是刚顽坚脆的，是宁折不弯的，是可为玉碎而不可为瓦全的。那时的人们普遍有着非此即彼的思维模式。在那时的词典里，没有"共赢"这个词。在那时的词典里，"妥协"是绝对的贬义词。在那时，一切羞羞答答的掩饰，一切温情脉脉的面纱，都遭到鄙弃。这样，在遇到那种本来难以启齿却又不得不说的事情时，就以单刀直入的方式言说，没有必要害羞，绝对无须脸红，更不应该心跳。面对这个小小器具时是这样，面对其他类似事物时，也是这样。而今天，社会心理在整体上温软柔和了许多，人们懂得了共赢的可贵，人们明白了妥协的必要，人们懂得了绕道而行有时是最合理的方式，就是给一个东西命名，也大可以朦胧些，巧妙些，诗意些。

关于女性身体的内容，关于女性生理的解说，关于男女性事的阐释，像是一团火，而那《赤脚医生手册》不过是纸。这是写在纸上的火，这是包在纸里的火。纸当然包不住火。这个消息迅速在未婚男青年中流传。很快，小伙子们都知道，大队的赤脚医生手里，有一本"奇书"。不过，这毕竟是隐秘的事情。当纸上的火变成消息时，明火变成了暗火。一团暗火在小伙子们的心里烧着。最让小伙子们动心的，是奇书中那幅女性最神秘部位的图画。那一幅之所以比别的大些，是因为里面还有许多器官要介绍。从里面的每个附属器官出发，都有一条直线伸向外边，直线终止的地方，是那器官的名字，这都是人们闻所未闻的名字。有许多条直线从里面伸向周边，看起来像是被一张网罩住的毛茸茸的水生物。见过这图画的人，向没有见过的介绍时，总是满脸惊奇："啧！啧啧！我以为那东西是一个东西，哪晓得不是一个东西，有许多东西！"

三

上过几年学的小伙子，谁不想看看这奇书。就是根本没有上过学的文盲，也对这奇书产生了强烈的兴趣。文盲看不懂字，但上面不是配着图嘛？怎样才能看到呢？当然可以到书店去买。这奇书，大多是红色的塑料封皮。塑料封皮又有两种。一种，红得暗重些，塑料表面有一条条竖的细如发丝的直线，微微凸起；另一种，红得明艳些，塑料表面比婴儿的屁股还光滑，太阳下、灯光里，会闪闪发光。这种塑料封皮的书，定价是一元八角多。后来，也有纸质封皮的《赤脚医生手册》，定价稍稍便宜点，也要一元七角多。那时候，一个壮劳力干一天，工分折合成钱，也就是几角而已。买这样一本书，一个壮小伙子要做十天八天工。再说，这工分值，也只是一个名义上的钱而已。农民家里，平时靠卖鸡蛋的钱维持几样刚性需求：盐、煤油、火柴。公社的供销社在每个大队设有一个代办点，称作小卖部。小卖部除了代表国家卖盐、煤油、火柴等基本生活用品，还代表国家向农民收购鸡蛋。收购鸡蛋，不论斤两，论个数。六分钱一个，也无论大小。买一本《赤脚医生手册》，要用上

奇 书

三十多个鸡蛋。农民家里，平时每天也就能拣三两个鸡蛋。小时候看见母鸡下蛋，我总觉得它们是很痛苦的。鸡蛋那么大，而通道那么小，不是每次都撑胀得很痛吗？母鸡们要奋斗一个月，要疼痛三十多鸡次，才能让家中小伙子买来那本书。果真如此，房梁都要被当爹的骂断。这还只算了书钱。大队没有书店，公社没有书店，区里有个小书店，未必有这本书。要买，得上县城的新华书店。上县城，来回得两天，得花钱坐车，花钱吃饭，花钱住店。小伙子果真这样地买来这本书，自己的脊梁都要被当爹的打断。除了大队赤脚医生，公社医院的领导、医生那里，会有这本书，公社领导们的办公桌上，也可能有，也都是公家发的。但一个农民，不可能到公社医院去借书。要看这本书，便只能向大队的赤脚医生借了。

　　一开始，赤脚医生也并不把这《赤脚医生手册》当回事。有人借，借就是了。借的人多起来，就有了冲突。当借这奇书要排队时，书的主人就考虑用这奇书生利了。当然，这种心思，也是借阅者怂恿、培植起来的。有的人，想借这书，开口前先送上一支香烟，划着火柴，双手捧着小小的火焰，送到赤脚医生嘴边，替他点上。一支烟抽完，又送上一支。第二支抽完，送上第三支。三支烟抽完，才开口提书的事。借书者也知道，未必非要送上几支香烟才能借到书，只是觉得如此奇书,要借,不表示点实惠的谢意,过意不去。赤脚医生呢,本来也没想过这书借给人还能换来烟抽,既然已经换来了烟,那以后没有烟就不乐意借了。

那时候,农民们一般抽旱烟,称作黄烟,用竹根做成的烟筒抽。抽香烟是不常见的事情。农民们不常见地抽的香烟中,常见的有三种品牌。一种是"丰收"牌,九分钱一包,是最廉价的烟。黄色的包装,烟盒上是稻穗、麦穗、玉米棒子、棉花朵等交织的图案,图案中心是一个拖拉机的机头。另一种是"大铁桥"牌,一毛四分钱一包,绿色的包装,盒子上印着一座大桥,我总觉得那就是南京长江大桥。第三种,是"江淮"牌,一毛九分钱一包,红色的包装,盒子上是江淮大地。"丰收""大铁桥",都算低档烟,要待客,一般得是"江淮"。小伙子们借那奇书,要准备几支香烟。好在这几种烟,大队小卖部都零卖。"丰收",一分钱就可以起卖,拿出一分钱,可以买两支。两支烟,只值九厘钱,那亏掉的一厘,只得由售货员个人赚去。"大铁桥",每支值七厘钱。如果只有一分钱,那就只能买一支烟,等于亏了三厘钱。如果只有两分钱,也只能买到两支,那就亏了六厘,虽然三支烟也只值二分一厘,但如果给你三支,小卖部就亏了一厘。小卖部怎么可能做亏本生意?不过,人们零买"大铁桥",不是万不得已,也不甘心就拿一分两分钱去买,总要凑个三分钱。三分钱可以买四支,四七二十八,只亏了两厘钱。"江淮"牌,实价九厘五一支,小卖部零卖一分钱一支,一支才亏半厘钱,三分钱三支,总共才亏一厘五,最为合算。向赤脚医生借书,不能送上"丰收"或"大铁桥",得是"江淮"。所以,小伙子们去找赤脚医生前,先得弄到三分钱,到小卖部买上三支"江淮"。

借的人多了,那奇书的塑料封皮,也有些卷角,边缘在发黑。赤脚医生倒有些心痛起来,觉得必须提高这书的身价。于是,再送上几支烟,便不能借到了。这时候,就有人送上整包的"江淮"。当有几个人送上了整包的"江淮"时,后来人也必须送上一整包"江淮",就形成了制度。要弄到一毛九分钱,对于并不当家的小伙子,也不是简单的事情。这需要三个鸡蛋,还要再搭上一分钱。小伙子也只能打家中鸡蛋的主意。家家有个木板做成的鸡埘,放在灶屋的门口。鸡埘前面有个门,只容一只鸡进出。那门,却是用的闸门的形制,门框上方有木槽,一块木板嵌在槽里,上下抽动便是开门关门。当娘的,每天早晨,第一件家务事是放鸡。把埘门抽起,鸡们便慢慢腾腾、井然有序地出来,脑袋一伸出埘门,便往地上看,是想立即发现一粒稻子或一只虫子。白天,门是开着的。傍晚，鸡们迟迟疑疑、井然有序地上埘，脑袋钻进埘门前，还要在地上左瞅瞅右看看，是想在进埘前再吃口东西。对于家中存有几个鸡蛋，当娘的是清清楚楚的。如果家中急于用钱而现存的鸡蛋又不够，当娘的就在早晨每放出一只下蛋期的母鸡，就一把薅住，另一只手把埘门按下，然后再把食指探进鸡的体内，就知道今天有几只鸡会下蛋。所以，小伙子们要想瞒过母亲偷出鸡蛋，那是不可能的。在家中受宠的，就去悄悄央求母亲。不敢向母亲明说的，便以豁出去的大无畏精神，先拿走三个鸡蛋再说。有时候，当娘的不让当爹的知道，也平安无事。有时候当爹的知道了，那就少不得一顿臭骂。

　　从家中拿鸡蛋，无论是事先让娘知道，还是事后被爹娘发现，都不能说是为了借一本奇书，必须编造一个别的理由。说是为了借一本奇书，这理由太离奇了，爹娘的眼睛会瞪得比鸡蛋还大。当然，也有例外。我的高中同学结洪的哥哥结根，就是当着爹娘的面从家中拿走三个鸡蛋，并且老老实实地说是为了向赤脚医生借书。结根只读到小学二年级便辍学。不是家中不让他上了，而是他自己坚决不上了。他从第一天起，就对坐在教室里上课厌恶之极。父亲认为应该上完二年级，会算基本的赢亏账，他才在教室里坐了两年，否则他连两天都坐不住。结根力气大，干活是

69

好手，对家里贡献很大，但脑子反应比别人慢些。我们那里，把痴呆也叫做"孱"。大家便说结根有些"孱"。有了"孱"的名声，找对象就困难了。这样，快三十了，还没有说成一门亲事。父母觉得责任在他们，所以平时就容着他些。结根开口要三个鸡蛋，母亲不敢不答应，父亲也不敢开口骂。只是听说是为了借书，爹娘始而惊恐，继而忧虑，晚上便睡不好觉了。两口子躺在床上，不停地叹气，有时轮流着叹，有时一起叹。他们相信，这大儿子的"孱"，越发严重了，恐怕要成废人。

四

小伙子们借来了这奇书，不能明目张胆地看。那样的内容，那样的图画，也只适合偷偷地寻思、悄悄地欣赏。白天要干活，最合适的时间，是晚上家里人都睡下之后。乡村人家，总是一齐吹灯上床的。那时候，我们那里，床上的褥子底下，再铺层稻草。小伙子借来这奇书，总是藏在自己床上的稻草里面。晚上，先吹灯躺下，等到听到了爹娘的鼾声，便重新点上灯，从身子底下的稻草里寻出这书，凑着油灯看。爹，或者娘，睡了一觉醒来，感觉到儿子房间里是人醒着的气息,便轻轻推醒另一个,让他或她也看看、听听。他或她便在黑暗中睁大眼睛、竖起耳朵。躺在自己床上,能看见儿子房里的情形吗?当然看不见。但要捕捉儿子房间的动静,必须眼耳并用。这样地眼耳并用的结果,也就真的感到儿子房里灯亮着,儿子醒着,在干着什么。爹娘心痛灯油,更对儿子奇怪的举动担忧起来。第二天,趁儿子不在家,当娘的或许到儿子房里看看,有时就从褥子底下的稻草里扒拉出了那本书。当娘的当然不识字,会悄悄给当爹的看。夫妇都不识字是普遍情形。当爹的把书翻来翻去,也不知上面写了些啥。难道儿子深夜不睡,点灯费油,是为了看书?这比看见公鸡下蛋、母亲打鸣、六月落雪,还让他们不解。夫妇都不说话,但心里的忧虑很重了。有时候,当爹的识得几个字,翻到那儿子感兴趣的地方,也就知道了儿子行为异常的原因,于是疑惑像黄梅天的野草在心里疯长:国家怎么印出了这样的"流氓书"呢?

小伙子们的文化程度不同,读这奇书的感受也就有了差异。文化程度高些的,能够独自品尝、咂摸,但文化程度低些甚至根本没有上过学的人,就要求助于他人了。结洪的哥哥结根,只上过两年小学,当初就没有好好识字,多年过去,与文盲其实没有差别。借到这奇书,必须请人讲一讲。弟弟在上高中,解答

奇 书

他的问题应该没什么问题。但结根不向弟弟请教,甚至借了这奇书的事情,也瞒着弟弟。与所有的人一样,结根在听说有这本奇书时,就知道书上有一幅图画,画着那东西。如果没有这样一张图画,这书恐怕还不配叫做奇书。结根看着那图画,不知道那许多线条是什么意思。他最大的疑问是:难道女人的那东西,平时是用铁丝网锁着的吗?这问题困扰着他。他必须弄个明白。但他不能向弟弟开口。这样的事情,怎么能问一母同胞?就算爹娘文化高,也不能问他们。有些事,只能骨肉之间交流,不能向外人提及;有的事,只能与外人谋划,不能与骨肉商谈。没错,打虎亲兄弟,上阵父子兵。可这事儿,不是打虎,也不是打仗。是什么呢?是什么结根们当然说不清,反正是不能与亲人言说的事。

《赤脚医生手册》以奇书的面目流行,一定程度上改变了乡村小伙子的性意识,一定程度上重塑了乡村小伙子的性心理,一定程度上更新了乡村小伙子们的性行为。他们本来朦朦胧胧知道的事情,现在知道得真切了些;他们本来模模糊糊了解的东西,现在了解得具体了些。这些变化暗里有怎样的表现,说不清楚。但能看得分明的是,黄段子在他们嘴上变得生动些了,细腻些了,切实些了。我上高中时,是住校的。四五十个男生住一间大宿舍,是上下铺。熄灯之后，入睡之前，未免要聊聊天，有时就说起了黄段子。一天晚上，某个同学说了个黄段子，有些用词很医学、很文化、很雅致；另一个同学插了几句话，几个词也用得很医学、很文化、很雅致。段子讲完，又有一个人做了些补充，用词也很医学、很文化、很雅致。我便知道，他们都看过《赤脚医生手册》。我怎么知道，那还用问吗？

结洪的哥哥结根，拿着这奇书，多次向村中文化高的小伙子请教，渐渐地懂得了不少。本来，科学让人清醒，给人理性，使人活得更明白。但在结根身上，却表现为相反的情形。对这《赤脚医生手册》上的知识懂得越多，结根的"孬"就越严重，终于发展到不参加生产队的劳动，到四乡游荡。哪里有成群的妇女在干活，结根就走到哪里，站在田头地边，痴痴地看着那些女性。有时候，妇女堆里有人逗他："结根！我和你困觉，好不？"结根连忙回答："好，好，我回去铺床！"说完满脸笑容地往家赶。

       2022年12月31日夜初稿
       2023年1月9日夜改定

公私

1958年4月，河南省遂平县嵖岈山这个地方，干了一件载入史册的事，即把几十个高级农业社合并，成立了"嵖岈山集体农庄"。后来，听说欧洲曾经有个"巴黎公社"，是共产主义的先声，得到过马克思的热情称颂，便把"农庄"改称为"公社"。嵖岈山人民公社，是中国大地上第一个以"公社"命名的行政区域。嵖岈山的做法，受到最高层的肯定，于是在全国农村兴起了人民公社化运动。但人民公社到底咋个搞，那时也是摸着石头过河。在这摸索期间，各地出现了好些好玩的事。例如，公社刚开始搞时，河南安阳县有些地方，认为成立了人民公社，便是实现了共产主义，一人只能有一条被子，剩余的交公社。那时农村的干部，没有不每天很累的。安阳县委农工部一个干部，有天晚上回家，也很累了，像过去的每夜一样，一掀被子，要钻进被窝。却发现每天盖着的被子，今天手感很不对了。一看，老婆把五条被子缝成了一条。这是中共党史出版社出版的《河南农村经济体制变革史》中写到的一件事，不是流传的段子。摸索了几年后，农村人民公社终于暂时确定了"三级所有，队为基础"的运作体制。公社下面有大队，大队下面有生产队，是所谓"三级"。生产资料、经济收益归公社、大队、生产队共有，而又以生产队为基本核算单位。当时中央的决议是从1961年开始实行这个制度，至少七年不变。确实，一个生产队只有几十户人家。以这么小的集体为基本核算单位，"公"的程度远远不够。要逐渐过渡到以大队为核算单位，再过渡到以公社为核算单位。当然，即便以公社为核算单位，也是暂时的。但实际上，"三级所有，队为基础"的运行体制，直到人民公社终结，也没有变过。

"三级所有，队为基础"，是纯从经济角度说的。但人民公社，绝非单纯的经济组织。"一大二公，政社合一"，这是最高领导为公社下的定义。所以，公社实际上是基层政权。人民公社，工农兵学商，样样都要有，样样都要发展。我们那个公社，工，我只记得有一个运输队。运输工具呢，是板车，所以，公社的社员都叫它板车队。板车队大概有十来个人，每人拉一辆板车，从事运输业务，算是社办企业。我有一个从小学到高中的同学，父亲是公社板车队队员，也让父亲是公社社员的人羡慕。拉板车，便是脱离了田地，每月有几十块钱的固定工资，当然让只能在泥土里挣工分的社员眼红。工农兵学商中的"农"，是农村人民公社的立社之本，不用多说。"兵"，就是民兵了。"学"，指学校。每个大队有一所小学，每个公社有一所初级中学。至于"商"，就指供销合作社了。供销合作社，每个公社有一家，人们有时称作供销社，有时称作合作社。公社中学的教师，是全民编制人员，算国家干部；供销社的营业员，属于集体编制人员，社会身份是工人。"全民"当然"高"于"集体"，"干部"当然"高"于"工人"。但在当时的农村公社，供销社营业员的地位在九霄之上，中学老师则在九地之下。记得是1977年的时候，有一篇报刊上的文章，写到一个公社书记拍着一个中学老师的肩膀，说："好好干！干好了，我提拔你当营业员！"这说的是此前那些年间的事。在那些年间，这事没有一点儿笑话的性质。如果说这话好笑，那就好笑在一个中学老师，再怎么好好干，也很难被提拔为供销社的营业员。如果好好干就能够把双脚从中学的讲台移到供销社的柜台，那可能每个老师都会拼命要干好。

人民公社的政治属性，是"大"和"公"。所谓

"大"，便是规模大。公社是从农业合作社发展而来，但规模要比此前的农业合作社大数十倍。规模越大，说明集体化的程度越高，离资本主义也就越远。所谓"公"，便是尽最大可能消灭私有财产，便是财产最大限度地公有化。当然，这个"公"，还意味着"公心"，意味着把私心像烟头一样踩在脚底，踩啊踩，踩得碎碎的，没有一点火星。"狠斗私心一闪念"，是那时候写在到处的墙上、挂在每个人的嘴上的口号，比后来的"时间就是金钱"要响亮得多。

我从六十年代末开始，扮演学生的角色。先是小学，后是初中，然后高中。这当然是废话。我的意思是说，从小学到高中，都有好些有趣的事，先说说高中的事儿吧。

那时候，在县和公社之间，还有"区"这一级行政机构。若干个公社组成一个区。先是每个公社有一所初级中学，每个区有一所高级中学。那时候，安徽实行的是春季招生制。1976年春季，县里在每个区增设了几所高中，平均三个公社有了一所高中，当然设在居于中心地带的公社。我也在这一年过年后进了高中。高中只招了一个班，男女生共五十人。学生们绝大多数是公社社员的孩子。人民公社既然"一大二公"，那家里的经济条件半斤八两，都差不多。我的父母，那时已经从小学调到了公社的初中，我算城镇户口，不是公社社员的孩子，但父母每月加起来也只有七八十元工资，上有两个老人，下有四个在上学的孩子，家里的情形，比一般社员好不到哪里去。五十个人，女生只有四个。我们是住校的，四十几个男生，住一间寝室。床是上下铺。那床是实木做成，十分结实。床面大概宽一米半，但要睡两个人。各人从家里带来一床被子，一人的被子做垫被，一人的被子做盖被，两人同一个被窝，一人睡这头，一人睡那头。《三国演义》里，周瑜对蒋干说："久不与子翼同榻，今宵抵足而眠。"后"抵足而眠"成为一个成语。我长期以为我们上高中时，每晚便是与同学抵足而眠。后来仔细一想，很不对。我们那是我的臭脚抵着你的鼻子，你的臭脚对着我的嘴巴，并不是两人的臭脚相互抵着。两人的脚相互抵着，那不是睡觉，是在玩杂技。所以，"抵足而眠"到底是啥样的睡姿，我到现在也想象不出。我怀疑这个成语一直被人们用错了。我们那里的中学，两个学生睡一张床的情形，延续了好长时间，现在可能还是这样。恢复高考制度后，我们家一个亲戚的孩子，在学校与同学相互"拥足而眠"一年多，离开学校了，也不知道这同学是谁。原因是作息时间不同。晚上，你睡下时，他还在别处用功；早上，他还在床那头酣睡，你已经起床走了。相互尽管很熟悉对方脚的气味，但却没有见过对方的脸。小时候，我们在家，也不可能一人睡一整张床。我后来上了军校，住宿条件很好，每人一张单人床，觉得真是奢侈。睡，是这样地睡。吃呢，学校的食堂只供应米饭。从家里背米来，在会计那里兑换了饭票，便用这饭票打饭。菜，是从家里带来腌豇豆。我们那里，咸菜吃得多。腌豇豆是咸菜的正宗，家家户户，年年腌许多豇豆。每个人都用一个梨子罐头瓶装腌豇豆。那时候，供销社里可买到一种玻璃瓶装的梨子罐头。玻璃瓶矮矮圆圆，高不到三寸，直径可能有三寸。本来是铁皮盖。盖得很紧，很难开。很多人家是用菜刀将盖面划开。罐头开启后，铁皮盖当然就没用了。但居然能配到塑料盖。这种罐头，我们叫做梨子汁。我们那里的人，比较相信梨子汁的功效。天热，老人有点中暑，或者有人咳嗽总不好，会咬咬牙买瓶梨子汁。吃完了，把原来的铁皮盖去除，配个白色塑料盖，可让住校的孩子带咸菜。但这样的一瓶咸菜，一天三顿吃，不可能从星期一吃到星期六。所以，星期三下午最后一节课后，可回家拿菜。腌豇豆，不能等到它长老了。太嫩了腌，又可惜了。要在豇豆半老半嫩时摘下。豇豆是整根地腌在坛里。要吃时，捞出来，洗一洗，切成寸许长，在油锅里炒一炒，就可以了。油多，就好吃些，也难得长霉些。我们一个同学，有几年兄弟两人同时住校，家里总是由奶奶准备咸菜。他总认为奶奶对哥哥偏心。每次奶奶替兄弟二人炒好了咸菜，装入瓶中，他总要把两瓶咸菜拿到外面，一手一瓶，举在太阳底下，看看哥哥那一瓶是否更油腻些。我们那间寝室，有两扇门。两扇门之间，靠墙放着两张破旧的课桌，专供我们放咸菜瓶。咸菜瓶的塑料盖，用久了便有些松垮，盖不严实，有人便在里面垫上一层塑料纸，或干脆就垫着报纸。四十几个咸菜瓶放在那里，宿舍里便整天有着浓烈的咸菜味。有个一向有幽默感的同学，说过这样的话："我们四十几个人，就是一齐放臭屁，宿舍里也闻不到臭味。"这话并不夸张。咸菜都是用菜油炒的。油多油少，在天冷的时候还不容易看出来。天热一点后，就很好分辨。咸菜瓶里油少，往往从家里回来的第二天，咸菜上面就生出一层白毫，就是长出霉菌了。长霉了，照样吃。不吃，空口吃白饭，是很难受的。一天三餐，早饭是大米粥，只有大米粥。大家都是一碗粥，二两饭票。一碗粥吃下，便上课。第一节课后，一泡尿一撒，肚子便咕咕叫。第二节课后再撒泡尿，便饿得肚子里像有火在烧，也就盼着午饭的时间快些到来。午饭晚饭，大家一般都是打四两饭，吃得饱吃不饱，都是这个量；超过四两，就觉得逾越了某种规范。饭打回来了，先用勺子把腌豇豆弄一些到一边的饭面上，然后从另一边往嘴里扒饭。那咸菜上

83

总有点油汁，油汁总有些沾到碗上。最后一粒饭吃下后，到厨房里弄点开水，把碗在手里小心摇晃着，让开水轻轻冲击着碗壁，把挂在碗壁上的油汁涮下来，然后把漂着几点油花的水喝下去，一顿饭就结束了。腌豇豆就粥，是很香的。腌豇豆就米饭，吃起来也很香。但为了保证回家前的那顿饭还有点菜，咸菜也必须省着吃。一根寸把长的豇豆，总要分几次咬，是舍不得一口吃一根的。饶是如此，在星期三和星期六中午吃饭时，总还有人菜不够。饭打回来了，看看碗里的饭，再看看瓶底的菜，觉得那几根菜，无论如何不能担负把这碗饭送入肚中的职责。怎么办，有人便把瓶子倒过来，上下抖动着，努力地把瓶中的那点菜，连同几滴油汁一起抖到饭上，然后，用勺子在饭碗中搅拌搅拌。也有人，看看瓶底，看看碗中的饭，便干脆用勺子把饭全部拨到瓶里，再把勺子伸入瓶中，按住瓶里的饭，沿瓶壁转来转去，极力要把瓶壁上挂着的那点油汁转移到饭上。即使这样，菜仍然不够下饭，便只好看看谁瓶中剩得比较多一点，开口找别人匀几根。从别人瓶中挖了一些到自己饭上，一看，挖过来的比别人剩下的还多点，连忙又还几根回去。

吃，是这样地吃。穿呢，普遍是破旧的衣裤。穿新衣的情形是很少的。有哥哥的，穿的总是哥哥穿过几年的衣服。没有哥哥的，穿的便是父亲穿过多年的衣服。当然，很多人，是既有父亲又有哥哥的，那就穿的是父亲穿了多年、哥哥又穿了几年，再传到自己的衣服。一件上衣，本是蓝色的，洗得泛白，这还不算。本来有五粒扣子，只剩四粒甚至三粒了，也不管它，就这么穿着。破旧，这没什么。我们那时候，是认为生而为人，穿破旧的衣服，是应该的，是必须的。破旧之外，还不合体。那衣服本来就不是量着这个体而做成，哪能合这个体呢？有的太肥大，一条裤子，裤裆直拖到膝盖，走起路来，像偷了人家什么东西藏在裆里了。有的太瘦小，穿在身上，像果皮裹着果肉。不合身，刚穿上有点不舒服，穿几天就习惯了。生而为人，哪能总穿合身的衣服。

但是，班上的男生中，有三个人，很特别。他们的咸菜瓶里油很多，隔着玻璃能看见根根豇豆都汪在油里。但这还不算他们的特别之处。他们的特别之处，有三点。一是他们三人是有蚊帐的；二是他们三人是有自行车的；三是他们的衣服都鲜亮而合身。

那时候，我记得置办一顶蚊帐要四块多钱。我们想都没想过要在学校宿舍的床上支起蚊帐。一到五月，蚊子便从不知道什么地方的地方出来了。晚上熄了灯，躺下，蚊子便到耳边哼哼叽叽，像是来卖唱。那时候，总是一上床便沉入黑甜乡，蚊子的浅吟高歌，根本不算回事。只是早晨醒来，有时候会看到手掌上有血迹，那是睡梦中打死了吸血者。怕蚊子，晚上只要有一只蚊子在枕边出没，便无法入睡，是后来的事情。"一蚊便搅人终夕，宵小原来不在多。"这是清代赵翼的诗句，也是睡眠不太好的人才有的感悟。没有蚊帐，照样每天一睡就睡着，一觉就到天亮。但那三个人，却是有蚊帐的。我记得，他们三人，两人睡上铺，一人睡下铺。三顶蚊帐，两顶支在上面，一顶支在下面。那时候的蚊帐，都是白色。他们是住校后家里特意置办的，也就很新很白。三顶蚊帐支在这样大的集体宿舍，当然很显眼。

他们的第二个特别之处，是都有一辆专用自行车。那时候，我们那里，常见的自行车有两种品牌："永久"牌和"凤凰"牌。两种都是上海产的。"永久"牌车身高大威武些，"凤凰"牌稍稍矮小娇柔些。自行车，是稀罕之物，都是单位用公款买。公社里，主要干部可以每人拥有一辆，他们要下乡"抓革命、促生产"，必须有。一般的单位，像中学、医院，也就有一辆，主要由最高领导使用。最高领导不用时，其他人经过批准，可以用一用。我记得，一辆自行车，"永久"也好，"凤凰"也好，都要近二百块钱。常有年轻人问我，那时候一百元钱相当于现在多少，这问题还真不好回答。那时候，供销社收购鸡蛋，当然是替国家收购。收购鸡蛋，不论斤，论个，六分钱一个。农民要卖3334个鸡蛋，才能买一辆自行车。那时候，一个中学老师，每月工资也就几十元，要用半年工资，才能够买一辆自行车。所以，作为私家车的自行车，是极其少见的。但是，那三个同学，却各有一辆。那时候，在路上看到的自行车，都是破破旧旧的，真是除了铃不响、哪里都响。这倒并非骑的时间长，而是骑得太苦。公路，是最好的路了，但也是石子路面。何况在乡间骑自行车，更多时候是在泥土路上走，要从水坑里骑过，要从烂泥里骑过，要从坎坎坷坷上骑过，后座上又总绑着很重的东西，很费车。一辆新车，骑不了多久，便破烂了。这三个同学，因为是上高中后家里特意为他们置办的上学专用车，只是上学和回家骑一下，所以总是锃光瓦亮。平时，他们把自行车放在宿舍里。星期三和星期六的下午，学生都回家，每人包里只有一样东西，就是空咸菜瓶。我们那时候，上课都不打开课本，回家就更不带那东西了。每人背着个空瓶子，簇拥着走出校门。走出校门后，要在公路上簇拥着走一段，慢慢向两边的岔路散去。总是在我们簇拥着走在公路上时，后面响起了急骤的铃声。他们骑着自行车来了。不停地按着铃，左拐一下、右弯一下，鱼一般在同学们中间穿过。自行车的钢圈，夕阳下闪着天蓝色的光。骑出了人丛，他们两腿便一阵狂蹬，绝尘而去。

他们的第三个特别之处，是总是新衣新裤，衣裤总是那么合身、得体。那时候，家家都有纺车。在家里把棉花纺成线，去换来土布。土布，人们叫老布，供销社卖的布，叫洋布。寻常人家，衣服被子，基本是土布。每年请裁缝到家里做几天。城市生产的洋布，在档次上要远高于老布，就像城市的地位要远高于农村。所以，洋布是难得买一点的。但那三个同学，身上见不到一件老布衣服。他们的衣服，都是家里从供销社买来洋布，特意为他们做的。既不是老布，也不是父兄穿过几轮的，当然就鲜亮，当然就不肥不瘦。后来，我第一次见到"鲜衣怒马"这个词，首先便想到高中的这三个同学，虽然在他们胯下"怒"着的，是车，不是马。

这三个同学，是什么人呢？两人的父亲是公社书记，另一人是公社供销社营业员的儿子。

公社书记是公社最高领导。公社下面是大队。大队有好多个。谁当大队书记，当然公社书记有很大发言权。1969年冬，我已经开始记事。我们那个大队，很早投身革命的老书记不知何故在公社书记那里"失宠"了。公社书记决定换人。一个青年人，十分受公社书记喜爱，公社书记有意让这个青年人取代大队的老书记，大家都认为他会先入党，稍后再任命为大队书记。心急吃不得热豆腐。这事儿总要分两步走。谁知公社书记带着几个随员,到了大队部,召集相关人员开会,宣布了三件事:一、批准这个青年人入党;二、任命这个青年人为大队党支部书记;三、老书记降为大队副书记。这个青年人,当了大队书记后,我常常见到他,说话十分风趣。当了大队书记,很懂得感恩。城里下来的知青,本来是分散在各个生产队。应该是在"李庆霖事件"之后,下乡知青一律集中到大队,由大队统一管理。大队没有自己的田地,但多多少少有一点林地。于是,每个大队都办个林场,用来安置下乡知青。大队再派个人当场长。知青都集中到大队林场,总得干点什么。场长便带领知青开荒,开出来的地种些东西,蚕豆、豌豆、黄豆之类,还有西瓜、地瓜、芝麻之类。这些东西,大队有处置权。每当收获了某种东西,大队书记便命人往公社书记家送。一开始,是让人挑着担子送去。后来,大队买了辆手扶拖拉机,大队书记便让拖拉机拖着送去。芝麻西瓜之类,当然不是什么很值钱的东西。但在那物质极度匮乏的时代,却又是很宝贵的。五斤芝麻、十斤黄豆、一担稻子、半篮鸡蛋、两只老母鸡,即便是公社书记这样的人家,也是很看重的。

下乡知青,没有不盼着回城的。回城,当然是当工人。当时的专用语叫上调。上调有两种情形,一种是回到原来的城市,一种是到别的城市。一个上海知

公　私

青，可能回到上海当工人，也可能上调到当地的某个中小城市。知青上调名额，每年分到公社。一个公社，每年只有几个知青能够上调。原则上，知青上调，要由全公社贫下中农推荐，某些地方却是由公社书记代表全社贫下中农推荐。当兵，是农村青年人人渴望的。每年冬天征兵。每个县会有部队里来接兵的军官。征兵工作从开始到结束，好像要一个多月。那部队来的接兵干部，大概是以县人武部为据点，但也经常到各公社转一转，指导征兵工作。那干部，每年来的当然不是同一人，但在我的记忆里，他们重叠为一个人。年轻，穿着四个兜的干部服，鲜红的领章帽徽。这是他们留在我记忆里的形象。征兵，家庭出身、年龄和健康要求等都是明明白白地写着的，用不着部队干部指导。符合条件的人当然太多了。在符合条件的前提下，要谁不要谁，部队来的干部其实插不上嘴。但是，那时在人们心目中，都认为当兵虽然难，但如果部队接兵干部要带谁去，那谁肯定就能去。每年，那接兵的部队干部一在公社出现，许多人就骚动、兴奋起来。都想接近他，但又实在不敢往他跟前靠。来到公社，那干部恐怕也很无聊。我印象里，他们常常站在公社院子的门前，一站就是半天，看过往车辆，看来来去去的行人，看猪在地上拱食，看鸡在路边交配。我们这些孩子，远远地打量着他，经常争论的问题,是他到底有没有带枪。他腰间没有扎皮带,从外面看不出有枪。争论的结果,总是达成共识:他的枪一定掖在裤腰带上。征兵工作一开始,就猜测、传闻不断。今天大家猜测这个人肯定要走,明天又传出那个人要被选中。等到尘埃落定,那几个幸运儿便穿上军装。是冬天的棉军服。帽子,是雷锋经典照片上戴的那种棉帽。当然,没有领章帽徽。我们那时候,以为这军装是部队招兵的人带来的。后来想,这应该是从县人武部发出的。还没有到部队,实际上还不算正式入伍。离乡前就让他们穿上军装,是让他们以威严的姿态与家乡告别,是为让当兵更具有吸引力。穿上了军服,没几天就要走了。于是他们四处向亲戚朋友道别。到亲友家,当然不能一个人。总是父亲陪着。父亲穿着破棉袄,戴着棉线编成的黑色的帽子,笼着手,或许嘴角还叼根烟,在前面走着;儿子穿着棉军装,戴着"雷锋帽",在身后跟着。天冷,父亲的那破棉袄挡不住寒风,有鼻涕在流。父亲从袖筒里抽出手,用手背迅速地擦一下鼻子,又把手塞进袖筒去。鼻孔处有残留的鼻涕,在阳光下发着晶亮的光。儿子穿着簇新的棉军装,戴着厚墩墩的"雷锋帽",当然不冷,或许脑门上还在流汗。毫无疑问,生而为人后,没有哪个冬天,穿得像现在这般暖和。父亲走得一蹿一蹿的,那是因为太兴奋了。有生以

公　私

来，从未有过如此荣耀的时候。儿子的军装是草绿色的。冬天的棉军装，不是春天嫩草的颜色，是那种盛夏时节的茂草颜色，阳光下发着油黑的光亮。儿子跟着父亲，多少有些不好意思。父子一进村，孩子们便围上来。大人们则站在家门口，或远或近地看着他们。我上初中时，一位在学校代课的老师参军了。这位老师是高中毕业生。高中毕业，到了公社中学当代课老师。能到中学代课，说明不是很寻常的人家。当了几年代课老师，又能够穿上绿军装、戴上"雷锋帽"，就更说明不简单了。穿上军装后，老师到学校向同事和学生告别。正是中午吃饭时，老师一进校门，就被坐在寝室门边吃饭的学生发现了，便端着碗跑出去。很快，所有的学生都跑出来了，把老师围在中间。老师似乎有些手足无措。几年间看得熟了的老师的脸，今天竟然有些陌生。学生端着各种各样的碗，嘴张着，但停止了动作，有的人眼里汪起了泪花。我们不像是在吃饭，像是一群叫花子在围着一个将军讨饭。新兵们出发前，公社还要专门开欢送会。欢送会上，几个新兵坐在第一排的最中间。此前，公社干部在路上遇上他们，看都不会看一眼。现在，从书记开始，都对他们客客气气。能够穿上绿军装、戴上"雷锋帽"的人，每个公社一年只有三四个人。最终选定谁，由公社定。

那时候，最令我羡慕的人，是那些被推荐上大学的人。上大学，实际上由公社定。上大学的名额，一个公社，每年也只有几个人。那时候，有一些五六十年代的小说，以"毒草"的方式在地下流传。这些书，往往是没有封面，也没有封底，甚至没有版权页。与其说是在流传中被损坏，不如说是有人特意把能够显示书名的页面撕掉了。所以，当时并不知自己读的是什么书。但是，有几本书里，写了大学的生活。厦门大学啊！武汉大学啊！校园好美。男女同学还肩并肩地在校园里散步呢！节假日还到郊外游玩呢！我多么渴望也能进入大学校园，与同学，当然包括女同学，肩并肩地散步：谈人生，谈革命，谈理想，谈社会主义的建设，谈共产主义的实现。羡慕可能与希望相伴随。羡慕，也可能以绝望为底色。有时候，羡慕别人拥有了某种东西，而理论上，你通过努力，也可能拥有，这时候，羡慕就是伴随着希望。这时候，羡慕就能催人奋发，就具有励志的意义。有时候，羡慕别人拥有了某种东西，而你除非重新投胎一次，否则绝不可能得到这东西，因为是否得到这东西，与你个人的努力、奋斗没有关系。因为这种东西的得到与否，是一种命定性的事情，这时候，紧随着羡慕而来的，便是绝望。那时候，我的家庭情况，使得参军和上大学都绝无可能。我的父亲，年轻时就因为家庭，既不能参军，也不能上大学。到我们这代，形势更为严峻，更加不可能了。我们这代人，有很多人，在十几岁的时候，就深切地体味过绝望。

我们那里，把喜欢与人聊天、聊起来就不放人走的女性，称作"话奶奶"。我们那个公社书记的夫人，是闻名全社的"话奶奶"。夫人虽然已到中年，仍然颇有风姿，年轻时无疑是美人。书记年轻时是革命积极分子，宜乎娶美人为妻。书记夫人与人聊天，完全是诉说自家的情形，不问对方的事情，不给对方开口的机会。她只是需要一个倾听的人。她总是从自己的身体状况说起。而自己的身体状况，又是从头说到脚，总是浑身不舒服，没一处没病。人们都知道，她这是从年轻时养成的一种撒娇的习性。说完了自己的身体，就说自己的家人家事。书记夫人平时住在乡下的家里，但常到公社来陪伴夫君。我们对她很熟悉。我上中学时，有一次，从外面回学校，看见书记夫人与一位姓李的女老师站在校门口聊天，或者说，是那李老师站在那里听书记夫人说话。书记夫人头微微低着，虽是对着李老师说话，却没有直盯着李老师。李老师虽然盯着书记夫人在笑，但笑容似乎僵在脸上。肯定是站得久了，李老师的两只脚在谨慎地、小幅度地倒腾着，一会用这只脚落地，让另一只微微悬空，过一会又换过来。我从她们身边走过时，书记夫人正撩起身上红色毛衣的衣襟，说："这是小张从上海给我带来的毛线，我找翟老师织的。"小张是谁，这位老师可能不知道，我也不知道，但肯定是一位上海来的知青。翟老师，就是中学另一位女老师了，会织毛衣。我如果在她们身边站一会，也许还能听到书记夫人说张三最近挑了一担稻子到她家，李四拎了几只鸡到她家。书记夫人说这些，真不是炫耀。这些事，是她的家常便饭，她也不认为值得炫耀。她仅仅是要找些话题过一过说话的瘾。

公社书记的儿子，睡蚊帐、穿洋布新衣、骑"永久"牌自行车，不难理解。供销社营业员的儿子也这样，原因有点复杂。供销社营业员的社会地位高，也有明着和暗着的两个原因。日常生活用品十分紧缺，而供销社营业员手里总能控制着一定的生活必需品，这是明着的原因。这一层，我们虽是孩子，也能看得分明。女人坐月子，必须喝红糖水，否则要落下月子病，这是人们坚信不疑的事情。但红糖是非常稀缺的东西。供销社里当然有，肯定也不多，并不在柜台上公开卖。必须与那卖糖的营业员有特殊关系，才能买到一斤半斤。多少生了孩子的人家，为买点红糖而到处求爷告奶。有一次，供销社到了一些塑料壶，倒是在柜台上公开卖。那东西很实用，尤其适合装煤油柴油。人们蝗虫般涌向供销社。我的父亲也去了，差点被挤死。但是，供销社营业员让人羡慕，还有暗着的原因。听大人们议论说，他们都有两份收入，一份是每月的工资，一份是灰色收入。供销社的营业员，在体制内的身份是工人，工资不高，每月也就几十元。另一份灰色收入，每月有多少，就只有他们自己知道了。

　　供销社是公社机关所在地唯一的商店。性质是国营商业，充分体现了"公"的性质。供销社里，有一个柜台主要卖布，毛巾、鞋袜一类也在这里卖。有一个柜台，则卖糖烟酒之类与吃喝有关的东西。一匹布，可能有十丈长。至于宽度，印象里是一米多，不到二米。卖布，要用尺量。但并没有拿在手里的尺。柜台靠里的边沿上，刻着长度单位，一寸一寸地刻着，只是逢到"尺"的时候，那刻线往前伸出些。也不需要刻太长的尺子。所以，那柜台里沿的尺子，只有三尺长。布的买卖，好像只认长度不讲宽度。柜台上，放着裁缝用来划线的那种粉块，白色的，或淡红色的。整块的粉块，是扁圆形，不大。但柜台上放着的，通常是用得已成半圆形的粉块。粉块边上，则放一把剪刀。我们那里，把到供销社买布，叫做"扯布"。"扯几尺布做件裓子。""扯几尺布做几条裤兜（裤衩）。"人们都这样说。有人来扯布，营业员在柜台上量出来人要的长度，用拇指与食指捏起粉块，在量定的地方划条短线，再用剪刀在那线上竖着剪条几厘米长的口子，放下剪刀，两手抓住那口子的两边，发力一扯，那段布便撕扯下来，撕扯得整整齐齐、不偏不倚。这一手，恐怕也不是一天两天练出来的。每当看见营业员这样卖布，我都感到把买布叫成"扯布"多么合适，因为那要买的布，确实是硬扯下来的。

据说，每一匹布，在长度上都预留着损耗。一匹布，如果拨到供销社时算十丈长，实际上要长出几尺。这道理其实很好理解。如果恰好是十丈整，那太难为营业员了。卖布，是在用尺子量着扯。今天扯下三尺，明天扯下两尺。扯完了，卖出的总数正好与进货时长度相等，这几乎是不可能的。如果总数少于进货时的长度，那亏损的部分岂不要营业员负责？所以，一匹布，出厂时要为营业员留出余地。但余地留多少，也是无法准确估算的。原则上当然是从宽不从严。所以，即使真有损耗，那损耗也绝不可能超出预留的额度。那预留着而又未损耗的部分，实际上就成了营业员的个人收益。例如，一匹布，标示的长度是十丈。营业员只要卖出了十丈，就没有亏损，就能够交差。但这匹布实际的长度是十丈零三尺。就算营业员在撕扯的过程中损耗了一尺，实际扯出十丈二尺，那便有二尺布的钱可以落入营业员个人的口袋。这二尺布的钱，是灰色收入，但却是合法的灰色收入，因为这并非克扣买家所得。如果营业员能够做到把一匹

公　私

标示着十丈实际是十丈三尺的布，正好卖出十丈三尺，那三尺的预留全部归入自家口袋，也是不受追究的。供销社，每个柜台只有一个营业员，每人管着自己的一摊子，与管着另外摊子的人井水不犯河水。所以，一个布料柜台的营业员，一匹布撕扯下来，实际卖出的长度，不但会多于标示的长度，也可以做到多于实际的长度。一匹布，实际长度是十丈零三尺，营业员要扯到十丈零六尺，也不是没有可能的。布，总是有些弹性的。营业员用两手的拇指和食指捏着布的两头，在柜台上量。两手用力的大小，直接关系到买家实际所得的多少。两手如果把那布绷得很紧，那本来只有二尺九寸，就可能绷成三尺。营业员量布，是在用手牵扯着量，更是用心在牵扯着量。两手绷得紧一点还是松一点，都是一念间的事。一个人，刚干这工作，或许并不特意绷紧，把布拉直了就可以了。拉直了，就不用担心会亏损，不是每匹布都留有余地吗？但是，扯着扯着，他会发现每次扯得紧一点，都意味着往自己衣兜里塞点钱，就会一点点地紧起来吧？毕竟，绷得再紧，也不会有任何麻烦。除了外在的监督和制约，什么东西可以让他不至于在量布时绷得太紧呢？一个人的良知。但一个扯布的营业员，每次量布时，良知都能阻止两手绷紧，那差不多就是圣人了。这样的民间圣人，当然不能说绝对没有，但不容易遇见。

　　一个卖布的营业员，在量布时以绷得紧些的方式获得的收益，就是暗中的灰色收入了。虽说是不能对人说的事，但其实是公开的秘密，是大家都心知肚明的事情。卖布的柜台，是这样。卖白酒、煤油的柜台，也是这样。那时候的酒，都是散着卖。买散装酒，还延续的是古时的说法，叫打酒。供销社糖烟酒柜台，里面有两口大缸。一口缸里装着较好的高粱酒，一块一毛二分钱一斤；一口缸里装着较差的地瓜酒，八毛二分钱一斤。煤油，也是装在一只铁皮桶里，散着卖，三毛五分钱一斤。散装的液体，在倒腾的过程中，确实会有损耗。公社供销社的物品，都是从县供销社拨下来的。煤油、白酒，从县里的仓库，到倒入公社供销社的桶里缸中，一百斤不可能还有一百斤，肯定要损耗掉一些。到底损耗多少，是不可能准确估算了。从县里拨出时，必然要预留损耗，而这预留量也是从宽不从严，总之是预留的损耗量，一定大于实际的损耗量。那作为损耗出现、没算在总量里却又并没有损耗掉的部分，就成了营业员个人的收益。这是明着的灰色收入。卖酒，是用酒提子作量器。酒提子也是古老的物什。竹子是一节一节长成的，竹身是空的，呈筒状，但节与节之间闭合着。取一段竹子，把一端的第一节留下，其他部分削得只剩半寸来宽的一条。最后一节，也还要削，削到可盛二两酒的位置。留下的那半寸来宽的一条，是做柄用。但柄不能笔直，那样不好使劲。竹子这东西，受热后可弯曲，热散后弯成什么样就冷定为什么样。于是，便把那柄的顶端一寸来长处，放在火上烤成钩子状。打酒时，用食指勾住钩底，拇指压着钩面，从缸里舀酒。舀完了酒，把钩子挂在缸沿上。人家来打酒，总是自带个空酒瓶。柜台上备着小小的漏斗。来人把酒瓶往柜台上一放，说："打二两酒。"营业员于是把漏斗往瓶口上一卡，用拇指和食指从缸上取下酒提子，从缸里舀酒。那个竹提子，舀得满一点还是舀得浅一些儿，也是指头决定的事。柜台有时高出酒缸一米左右。营业员捏着酒提子，先是快速地往上提起，显得唯恐酒洒出。但实际上，提得越快，酒出可能越多。即使慢慢地上提，中间手抖一抖、颤一颤，也会有些酒洒出来。而谁也不能禁止在这个提酒的过程中，手不能抖一抖、颤一颤。营业员先垂直地往上提。在把酒提子提到与柜台平齐时，再把酒提子往柜台边一横，倒入瓶口上的漏斗。在这一横的时候，也同样可能有些酒洒出来。但因为酒缸的缸口很大，直提时洒出的酒、横移时洒出的酒，都落回了酒缸，最后都变成钞票落入了营业员的衣兜。在这打酒的过程中，如果营业员故意把捏着竹柄的指头侧转一下，就会有更多的酒洒出。不能断言每个营业员每次打酒，都刻意让酒多往缸里洒回些，只是说，如果他要这样做，是完全可能的。鲁迅小说《孔乙己》里的"我"，刚到咸亨酒店当伙计时，做的是打酒的活，但因为不能往酒里掺水，掌柜便不让他做打酒的事，只是专管温酒了。可见，卖酒而掺水，本是古老的传统。公社供销社柜台里的酒缸，那么大，至少可盛一百斤酒。社会上有些议论，说供销社的营业员往酒缸里掺水。还说，营业员本来每天站柜台时，就在脚边放个水瓶，要经常往茶杯里添水，那水瓶就放在酒缸边上，而在往茶杯添水的同时，有时顺手往酒缸里添些水。这真是说得有鼻子有眼。我没有见到过，不能瞎说。只能说，如果营业员良心坏了，往一百斤酒里掺个三五斤水，那是毫无问题的。煤油的量器是铁皮制成的圆筒形端子。人家来买煤油，也是带个空油瓶。柜台上也有专用于卖油的漏斗。营业员用铁皮端子从铁皮桶里舀油往油瓶里倒的程序，与打酒时一样。油不溶于水。往油里掺水，比往酒里掺水，难度大些。但一大桶煤油里，掺几斤水，也还是没有问题。不能断言那时供销社的营业员，都往煤油里掺水，而是说，如果他良心坏了，要往煤油里掺些水，是能够做到的。

那时候，到供销社买东西的人，是没有什么维权意识的。指责卖布的营业员布扯得太紧，埋怨卖酒的营业员酒没有舀满或洒出太多，都是不可能的事情。供销社，不是一般的商店。那是"公社"的组成部分，在供销社闹事，后果很严重。再说，公社里卖东西的地方，只此一家，你在这里生事，以后还来不来了？下次来，不卖给你，找谁说理去？营业员能干上营业员，自然与公社有特别的关系，找公社肯定是没用的。在那些年间，我从没有见过有人在供销社与营业员闹矛盾。

那时候，香烟、糖果都零卖。香烟论根卖，糖果论粒卖。这样的零卖，对于营业员来说，是很烦的事情，零卖与否，由营业员决定。营业员愿意零卖，是因为零卖，营业员有利可图。那时候，我们那里，最便宜的一种香烟，是"丰收"牌，九分钱一包。这种烟零卖时，一分钱两根，很受欢迎。我就经常弄几分钱去买烟。但是，营业员每卖出二十根，个人就赚取了一分钱。一种叫"大铁桥"的烟，一毛四分钱一包，平均每根七厘钱。如果用一分钱去买烟，他给你一支烟，这天经地义，但他就赚取了三厘。如果用二分硬币去买"大铁桥"，他就给你二支烟，他也就赚取了六厘，但如果给三支，他就亏了一厘钱，怎么能让营业员亏呢！零卖，已经是营业员"法外开恩"，没有讨价还价的余地。糖果零卖，就更没谱了。那时的糖果，多是水果糖。水果糖是论斤两卖的。论粒卖，这账根本没法算。孩子们递上点零钱买糖，营业员只能随便给几粒。但是，他心里一定有数。一斤水果糖，论粒卖出的钱，一定多于论斤两卖出的钱，否则他不会论粒卖。而这多出的部分，就是他个人所得了。

小时候，我们村里有个人，在公社供销社当营业员。他烟瘾很大，每天抽两包，抽的是三毛一分钱一包的"百寿"牌，是当时能买到的最好的烟。又特别讲究喝茶。喝的也是能买到的最好的茶叶。我们那里，过年时大人要给男孩发香烟。别人家都是九分钱一包的"丰收"，好一点也不过一毛四分钱一包的"大铁桥"，而这位供销社的营业员，给儿子发的总是当时的名烟"飞马"，要二毛多钱一包。他的工资，不过每月三十多元。也许是不小心得罪了某个当地要人，有一阵，说是要查他，他把家中值钱的东西，转移到一个亲戚家。他大概怕抄家吧。那需要藏匿的值钱东西到底是啥，没人知道。那时候，不可能去买黄金美玉收藏，那是什么呢？我后来偶然想到这事，便明白：那所谓值钱的东西，就是钱本身。他只能把在柜台上弄到的钱，以钞票的方式藏在家里。一个营业员，家里有许多现金，如果搜出来，当然说不清楚。但后来也还是平安无事。

在人民公社时代，一个公社，最富有的人，往往是供销社的营业员了。所以，公社书记拍着中学老师的肩膀，鼓励老师好好干，争取进步为营业员，就不是什么不可理解的事儿了。那时候，我们班上的那三个同学，说是鹤立鸡群，那是一点都不夸张的。对于这三只鹤，我们这些鸡们，并没有人表现出丝毫嫉妒之心，甚至连羡慕之意都没有。只是针对他们的挂蚊帐，有个数学特别好的同学曾经算过一笔账。那三个同学，也是与人共睡一铺。这样，每天晚上就有六个人是睡在蚊帐里。本来寝室里是46个人。如果每天晚上寝室里有1000只蚊子在活动，那本来平均每人摊到20.68只蚊子。现在，有六个人躲进了蚊帐，1000只蚊子就要由40个人来摊了，平均每人摊到22.2只。因为他们的挂蚊帐，每天晚上，没在蚊帐里的40个人，就多被1.5只蚊子叮咬。如果一只蚊子每晚吸走我们一小滴血，我们也要因为他们的挂蚊帐，而每夜多失去一点点血。我的数学不好，没有复核过，不知他算得对不对。这个同学是以玩笑的口气算这笔账的。后来，我回想起他算出的这笔"血债"，才意识到，当时虽然所有同学都没有表现出羡慕甚至嫉妒，但未必每个人内心深处，都毫不在意。

2022年3月15日初稿
3月23日改定

痰盂

痰盂这东西，好像已经悄悄退出中国人的日常生活了。现在到人家去，如果看见茶几旁、沙发边，还放着一个甚至几个痰盂，会感到很怪异；会怀疑这家人在深山里隐居了数十年，刚刚回归社会，而这痰盂，是数十年前从人间带往深山，又从深山带回了人间。

有人以为，痰盂也是从西方舶来之物，后来西方人不用了，我们还用了好久。其实，这东西实实在在是我们的国粹。但虽然是国粹，我想，在古代，无论在城市还是在乡村，一直是豪门大户、缙绅之家的用品，从未在升斗细民的家中普及过。在古代，城市里也好，乡村里也好，普通人，吃了上顿没下顿的蚁民们，绝不会漏雨的屋顶下、破烂的桌椅边、凹凸的泥

痰　盂

土地上，放上个专门接痰的家什。就是到了后来，农村人，有痰了，也是啪地往地上一吐，看都不看一眼。卫生意识强一点的人，也充其量用鞋底把那痰前后擦几下。这是说在室内。要说在室外不能随地吐痰，那人们就会想、就会问："那要地干什么呢？"这是我小时候每天所见的情形。

以往，乡村社会有那种特别富有之家，或许是用痰盂的。到了我的少年时代，在公社等国家部门，可以见到痰盂，公社下面，则绝对没有痰盂的容身之地。公社书记的办公室里，或许有公家配置的痰盂。公社书记乡下的家里，也绝不会用痰盂。公社书记大都是积极分子出身，家中几代都是穷苦人，即便现在翻身得解放了，穷苦人的本色也没有丢掉，也还没有养成用痰盂的习惯。公社下面是大队。大队书记，老一点的，也是积极分子；少一点的，则是后来的革命运动的骨干，肯定也是根正苗红的人，地位变了，生活条件变了，劳动人民的传统也没有丢，也不会在家里弄几个痰盂。那时候，一般的人民公社的社员，几乎不知痰盂为何物。他们有些人，在电影上看到过。那时候看的是露天电影。一年难得看几回。每次电影开映前放新闻纪录片。新闻纪录片，必定是党和国家领导人会见外宾的录像。说是新闻，也都是好久前的事。半年前看过的新闻，半年后还出现在银幕上，这样的事也常有。党和国家领导人坐在那里与外宾亲切会谈时，脚边总放个大肚子东西。留意到的人，打听后，知道那叫痰盂，专门接痰用，于是便惊讶得舌头伸出老长：吐口痰，还用那么干净、好看的东西接着，啧，啧啧，啧啧啧！

不是说人民公社社员就一定与痰盂没有关系。那时候，我们那个大队吴家坎生产队的吴老汉，就被几只痰盂害苦了。

吴老汉那时五十多岁，两口子先是连着生了几个女儿，后来终于盼来个儿子。几个女儿都嫁出去了，家中只有三口人过活。儿子也二十四五了，没有结婚，亲事连定都还没有定下。这在那时候的农村，就是大龄未婚青年了。儿子心里急，吴老汉两口子更急。只有这一个儿子，如果结不了婚，那就要断香火呢，死了也无颜进祖坟。

在乡村，虽然每个人丢进群体不起眼，是黑压压的一群，但也还是有些人以颇异于他人的个性而在一定的方圆内很是知名。有的人特别倔强，有的人特别温驯；有的人分外吝啬，有的人分外慷慨；有的人极会算计，日子过得比较好；有的人极不会打算，日子过得没来由地糟。有特别突出的性格的人，就会在四乡五里成为名人，有时还被众人赋予个绰号。吴老汉就是这样一个乡里名人。让吴老汉出名的特性，是异乎寻常的勤劳、节俭和会过日子。

勤劳的目的当然是为了收获。多一分耕耘多一分收获,这道理一般人都不怀疑,但一般人只是泛泛地相信这道理。特别勤劳的人之所以特别勤劳,是因为对这道理特别相信。走路,是为了到达那个目的地。出门办点事,自然要走路。从家里走到那办事的地方,办完事再走回来。事情办成了,路就走得值;事情没有办成,就走了冤枉路。吴老汉觉得,走路,在赶往目的地之外,还可以多一点用处,还可以让路任何时候都走得不冤枉。于是,走在路上,吴老汉不是昂首向前,而是总看着路面。只要总留意着,便不时能在路面找到点什么。有时候是一根细铁丝,哪怕只有一拃长,拿回家,总有用得上的时候。有时候,是一粒纽扣,也捡起拿回家。谁的衣服不掉扣子?扣子掉了,得替换,虽然这捡来的扣子颜色形状与原配不同,可那又有什么关系呢?就是比原配大一点或小一点也不碍事。大一点,扣的时候使点劲就是了;小一点,只要不小得太多,也能凑合着用,无非时常脱扣时常扣上。出门办事,去,一般要径直赶路。回来时,如果不是家中有事要急着回,不妨不走那人走得白硬白硬的路。反正回家,也是闲着。在家里闲着,那可什么也不可能收获到。可以把在家里闲着的时间用在走路上。吴老汉从外面回来,往往特意绕着走走，往往特意走些弯路，甚至特意走那本不是路的路。为什么要把路走成这样呢？是希望能发现点什么，能捡到点有用的东西。例如，路过一片田野，吴老汉会离开那正路，向田埂地坝（旱地上畦与畦之间的土埂）走去。田埂上、地坝上能找到什么有价值的东西呢？当然不可能找到很值钱的东西。吴老汉也没指望发现金项链、银镯子。但半根红薯、一个萝卜，捡到的可能性还是很大的。如果两边是刚刚收割后的稻田麦地，那田埂上总有几根稻穗，地坝上也会有几根麦穗。如果路边是树林，吴老汉便绕进林子里去。我们那里是丘陵地带，所谓树林，也是那种短松冈。地上的松毛，是灶膛里极好的柴火。山地由大队直接管理。大队派了看山的人，禁止在山上扒柴。有胆大的孩子，带着柴扒、竹筐来偷扒松毛，让看山的发现了，便撵得兔子一样地跑。吴老汉走在林间，手里并没有柴扒，不用担心被认为是偷扒松毛。再说，偷扒松毛，是孩子们干的勾当，哪有壮汉而干此种事的道理。吴老汉不偷松毛，但捡几根枯枝，看山的看见了，也不能说什么。但枯枝也是柴火，是比松毛更经烧的柴火。几根枯枝，塞进灶膛，当然烧不了很久，但只要能烧一会就是赚了不是？有时候，实在没找到更有价值的东西，吴老汉便薅几把草带回家。草，如果是春夏间的青草，可以直接喂猪；如果是秋冬间的枯草，便能直接当柴烧。这样，吴老汉便哪次出门，都不会空手而回。就算那要办的正事没办成，也不算毫无收获。

越是贫穷的时候，节俭越有实施的空间；越是匮乏的时候，节俭的意义越能突显；在极端贫穷匮乏的时候，节俭便具有了神圣性。吴老汉的节俭，一如他的勤劳，有些典型细节以故事的方式在乡里口耳相传。那时候，每个大队有一台水稻脱壳机，社员们叫轧米机。大队部边上的一间房子里，放着这轧米机，有一个专门开机器的轧米员。这个地方，社员们叫轧米厂。社员从家里挑了稻子，到这轧米厂来脱壳。稻子从这头倒进去，米和糠从两个出口出来。社员付了钱，把米和糠挑回家。轧米机功能不大好，从那出米口出来的，不全是米，常常有些未脱壳的稻粒。那时候的人，谁敢计较这个？轧米厂属于大队，算是大队办的企业，与轧米厂较劲，不就是与大队较劲，那真是活厌烦了。不但不计较，反而认为米里有些未脱壳的稻，那太正常了，机器又不是神，哪能要它把每一粒稻都脱干净？夹杂着稻粒的米，煮出来的饭里自然也有些稻子。吃饭时碰到了，人们通常用筷子把它夹着扔到地上；吃到嘴里了，也会把它吐出来。稻粒到了地上，也不全是浪费，很快便到了鸡嘴里。吴老汉却不甘心把这煮熟了的稻子让鸡吃掉。他立了规矩，家里人吃饭碰到稻子，不准往地上扔，要放到或吐到桌上。饭吃完了，堂客把碗筷收拾了，他负责擦桌子。拿起抹布之前，他先把桌上的稻粒用一只手掌扫到另一只手的掌心里，然后脖子微仰，把稻粒一把塞进嘴里。有时候只有三五粒，有时候竟有一小把。但不管是多是少，他都嚼一嚼，连壳一起咽下。

那个时候，每个大队有一个小卖部。家家户户都与这小卖部有密切的关系。而吴老汉又与这小卖部关系尤其密切。有一回，小卖部进了三只痰盂，这就把吴老汉害了。

大队的小卖部，是公社供销合作社的派出部门；公社的供销合作社，是县供销合作社的派出机构。大队小卖部的货物，从公社供销社批拨；公社供销社的货物，从县供销社批拨。大队小卖部有的东西，公社供销社当然都有。但大队小卖部只有公社供销社所有的一小部分东西，公社供销社的许多东西，小卖部不卖。大队小卖部卖得最多的是三样东西：食盐、煤油、火柴。这三样东西，是每家每户每天都要用的。公社供销社的营业员身份是工人。大队小卖部只有一个售货员，一般是大队领导从社员中指定。当了小卖部售货员，身份仍然是农民。大队小卖部有一个非常重要的职能，是替国家收购鸡蛋。社员家里的几只鸡，下了蛋，攒着。煤油没了，晚上就要摸黑，要在天黑前把煤油买回，于是把攒着的鸡蛋包上，小跑着往小卖部赶去。盐没了，下顿饭就没法吃，要在做下顿饭前把盐买回来，于是把攒着的鸡蛋包上，小跑着往小卖部赶去。当然，不能保证每次油干盐尽了都有足够的鸡蛋可卖，那就只能到别人家借一点了。小卖部收购鸡蛋，不论斤两，论个，每个六分钱，不管大小。社员到小卖部买东西，买多买少，根据每次带去的鸡蛋数量而定。那时候，煤油三毛五分钱一斤，食盐一毛五分钱一斤。售货员数了鸡蛋，然后看这鸡蛋值多少油盐。所以，社员到小卖部，其实不是买东西，是换东西。在每个大队的小卖部里，每天都在进行着人类古老的物物交换的交易方式。小卖部收鸡蛋，是公社供销社委托的工作，换来的鸡蛋，自然要交给公社供销社。这售货员用一担箩，把换来的鸡蛋挑到公社供销社。如果是满满一担，那挑起来很费力，所以，总是收到够半担的时候，便往公社送。有时一天一次，有时几天一次。公社供销社按个数计算了钱数后，再折算成煤油、食盐、火柴等实物，售货员又把这些实物挑回小卖部。社员拿着鸡蛋到小卖部，如果破损了，小卖部便不收。但公社收取大队小卖部的鸡蛋时，却允许有一定数量的损耗。这允许损耗的数量似乎还不小。小卖部的售货员，收取的鸡蛋里即使有些破损者，或是自己在转运往公社的过程中弄破了几个，那是不要紧的，不但不要紧，反而成了售货员的收益：这破损的鸡蛋，售货员可以拿回家吃掉。那时候，大队小卖部售货员，家里天天吃鸡蛋，今天炒鸡蛋，明天便蒸鸡蛋羹，有时早上还来个蛋炒饭。仅此一点，这小卖部售货员的工作，便十分让人羡慕。

大队的小卖部，总是与大队部在一起。我们大队的大队部，离吴老汉的那个村吴家坎很近，一抬腿便到。小卖部的售货员虽然不是吴家坎人，但与吴老汉家有一点挂角亲。售货员年龄比吴老汉大几岁，姓张。吴老汉叫老张表伯，但两家并无亲戚样的往来。一般人家，用鸡蛋来换东西，大多是女人孩子来，男主人来的不多。但吴老汉每次都自己来，反正一抬腿就到。来了，表伯表伯地叫得亲热。小卖部只有一杆小盘秤。黄铜的秤盘只有下面要说到的痰盂的敞口那般大，有的部分锃亮锃亮，亮得发白，不像是黄铜；有的部位黑漆漆的，也看不出是黄铜。称盐，是用一把长形的木铲，先把盐铲到秤盘里。那会儿人们吃的是粗盐，一粒一粒的，个大的有成年人的板牙那么大，形状也很像板牙，当然，大多数是黄豆绿豆那般大小的盐粒。称好了，拿出半张旧报纸铺在柜台上，再把盐倒在报纸上，盐倒下后，老张总要把秤盘竖过来，在报纸上磕磕，把粘在秤盘上的碎盐磕些下来，

痰　盂

然后包好，往顾客面前一推。磕，是习惯性地磕两下，不多磕。吴老汉来称盐，总是央求表伯多磕几下。碍于情面，老张便只得再磕两下，还真能再磕下点细碎来。煤油，是用一个铁皮端子舀着卖。老张用一个也是铁皮的漏斗卡在顾客带来的空瓶口上，再用端子把煤油从仍然是铁皮的桶里舀出来，倒进漏斗。端子在漏斗上方从倾斜向垂直运动。完全垂直了，老张便可以把端子移开。但是，那端子的内壁上，肯定还挂着些油滴，如果继续垂直着，油虽然流不成线，但会有一滴又一滴的油滴下来。一开始，滴与滴间隔很短，间隔渐渐变长。要完全没有油珠滴下，那要垂直好一会。每次吴老汉打煤油，总笑着请表伯把那端子尽量在漏斗上方多停留一会。老张心里未必不烦，但既然吴老汉口口声声地叫着表伯，也就不能不给这个表侄一点面子。有时候，吴老汉带来的鸡蛋里，有个把破损了，吴老汉也央求表伯收下。老张虽然觉得他很过分，但也还是收下了。这样的事虽然不多，也有过几次。

吴老汉与大队小卖部之间建立了这样一种亲密关系，就有了意外的灾祸。

有一天，老张从公社供销社回来，除了照例挑回了煤油、食盐等物品，还带回来三只痰盂。痰盂这东西出现在小卖部的货架上，还是第一次。小卖部里的木头货架,古色古香,是过去从一家开店的人家没收来的。痰盂,是搪瓷的,底色是白色,雪白雪白。盂口向外撇敞着,是鲜红色;敞口与盂身之间,是凹进去的颈部,也是鲜红的一圈;中间是圆圆的大肚子,底座又向外撇敞着;底座外敞的幅度比盂口小些,但像盂口一样,也是鲜红鲜红。鼓出来的肚子上,有两朵牡丹花,一朵鲜红,一朵粉红。牡丹花上面,是一个大大的"囍"字,当然必须是鲜红鲜红的。这三只痰盂一字排开在那古色古香的货架上,倒也有一种异样的美丽。任何人一进门,便眼睛一亮。

痰盂上印着红双喜,生产者的初衷当然是供人们贺婚礼之用。那时节,有亲友结婚,人们通常是送脸盆、痰盂、毛巾之类日常生活用品。脸盆也是搪瓷品,底色最多的也是白色,也是在白色的盆身里外印上些文字图案。文字,不外乎是常见的一些标语,图案也是常见的牡丹花,有鲜红和粉红两种。文字图案,通常具有普适性,不针对特定人群,但有时候,也是为某类人定制。例如,文字如果是"广阔天地大有作为",那就是供人们送下乡知青用;如果盆底是硕大而鲜红的"囍",那就是供人们庆贺亲友结婚用。毛巾上也是又有文字又有图案。痰盂上,有文字的,似乎没见过。

那时候,工厂的生产都是事先有着计划。按计划

痰　盂

生产，依常理，只有供不应求的情形，不会有供过于求的怪事。那一次，不知是负责制订痰盂生产计划的人多喝了二两，以致下达的痰盂生产任务超过了实际需要，还是我们县供销社的领导多喝了不止二两，进货时把那痰盂多进了许多，总之是，县供销社积压了数量很大的一批痰盂。当然，是省里硬塞给县里，也有可能。痰盂，在县城还有一点销量，但也绝不会很大。痰盂之为物也，坚固耐用，寿命绝对比人长。一个人家，买了个痰盂，就能用一辈子，传代也是可以的；一个单位，买了批痰盂，就可以永远用下去，不怕偷不怕抢，还不怕失火。所以，一个县城，一年也卖不出多少只。到了公社这一层，卖痰盂就跟卖飞机差不多。在大队小卖部卖痰盂，就是在卖宇宙飞船了。三只痰盂，摆在我们大队小卖部的货架上，像三艘宇宙飞船停在那里。

老张挑回这三只痰盂，也是万般无奈。公社供销社主任说了，县里压下来一批痰盂，公社供销社不便拒绝。要是拒绝，以后那些紧缺物品，县里就会卡你！主任说，公社卖不掉这么多痰盂，只能请各大队消化。不过，可以降价处理。公社供销社给痰盂的定价，真是便宜得很。三只痰盂放在小卖部的货架上，谁见了都会好奇地问一问。老张并不说是公社硬摊派的。有人想起了电影上见过的东西，认出这是啥，老张便不吭声。不知道这是啥的人，老张也不说明。老张只是说这东西放在桌上很好看，并不直接劝人买，怕人家日后知道是啥，来骂他。几天过去，并没有卖出一只。老张正考虑怎样把它们退回公社时，吴老汉来了。吴老汉见了痰盂，眼睛也一亮；老张见了吴老汉，也眼睛一亮。吴老汉不认识这是痰盂，以为是一种新型的厨具。像别人一样问了价格，一听如此便宜，脸上是又惊又喜。老张见吴老汉脸上有喜色，知道他动了心，便说："这么好看的搪瓷罐，家里来客的时候，盛菜也行，盛汤也行，摆在桌上多有脸面。"老张并没有直接劝吴老汉买，但吴老汉从老张的话音里听出了劝的意思。稍稍考虑了一下，吴老汉便真的买了两只。

吴老汉下决心买这两只痰盂，有三重原因。好看又便宜是首要原因；家里有了喜事，马上要招待贵客，是第二重原因；第三重原因，那就是老张像是很希望他买。平时，这表伯总给他面子，总让他占点便宜，现在既然希望他买这搪瓷罐，他也不能不给表伯一点面子，何况这东西这么便宜。

儿子终于说成了亲事，是另一个大队的姑娘，两家的认亲仪式已经举行过了，儿子也到女方家去过，吃过一顿中饭。下面，是女方到男方家来做客。两只痰盂，吴老汉抱在胸前，一手抱一只，走在回家的路上，想：过几天那姑娘来了，当然要炖只老母鸡，就用这搪瓷罐盛。肯定还要有个红薯粉丸子烧肉，也用这搪瓷罐盛。有这样两个菜往桌子中间一摆，气派就有了。这家伙大是大了些，但鸡杀大些，菜烧多些，显得这人家大气、慷慨，给女方留个好印象。这样想着，吴老汉就到了家，到了家心里还美滋滋。

吴老汉的儿子说定的那个姑娘，却认识痰盂并且吃过这东西的苦头。姑娘有个舅舅在县城工作，几年前的一个夏天，姑娘到舅舅家吃了顿午饭。饭桌上有盘油炸花生米。姑娘夹起一粒花生米塞进嘴里，嚼了一口，感觉味道不对，第二口嚼到一半，有了苦味，知道花生米发霉了，霉狠了，便习惯性地吐到地上。坐在对面的舅娘脸拉了下来，站起身，走到门后边，拿来一个奇形怪状的东西，往姑娘脚边一放，说："要吐，就吐到痰盂里。"姑娘朝那叫做痰盂的东西一看，里面的痰盖住了痰盂底，中间微微拱起，像一座小山，上面蠕动着些绿头苍蝇。姑娘突然一阵恶心，哇地一口，把早上在家吃的东西都吐了出来。吐了一大口，又吐了几小口，掏出手帕擦擦嘴，狂奔着逃离舅舅家，仿佛有狼在追赶。也怪，姑娘平时各种屎，鸡屎猪屎狗屎牛屎包括人屎，见得多了，地上的痰也没少见，都没有什么感觉。这回，看见那么多痰堆积在这样干净美丽的搪瓷罐里，上面还爬着绿头苍蝇，却有如此强烈的生理反应。

　　姑娘到吴老汉家来了。按规矩，姑娘头回登门，要去接。儿子吃过早饭便去接。来回有十多里地，把姑娘接到家，没多久就吃午饭了。一大早就开始炖的老母鸡，盛在一只痰盂里，先由吴老汉亲自端上来，姑娘看着这痰盂，两眼瞪得眼珠快要蹦出来。第二道菜，是红薯粉丸子烧肉，也盛在一只痰盂里，由儿子双手端上来。姑娘朝这只痰盂看一眼，便双手捂住嘴，向门外跑去。刚出门，就一口吐在地上。吴老汉父子愣了一会后，连忙跟出来。姑娘也只吐了一口，没多吐，然后向家的方向狂奔，头都没回一下。

　　儿子的婚事吹了，从此，话像秋天的树叶，一天比一天少，人也一天天懒起来，终于发展到终日卧床不起。日也好，夜也好，都蜷缩在被窝里，叫他也不应，让人不知是睡着，还是醒着，甚至不知是活着，还是死了。开始的时候，叫他吃饭，倒是一叫就起，而且总是吃得很多，比先前从早到晚在田地里劳作时吃得还多，但放下碗又缩回被窝。人却一天比一天瘦下去。父母都觉得怪得很。吃了睡，睡了吃，还吃得那么多，吃到谁的肚子里去了呢？但渐渐地，儿子连饭也懒得吃了，常常是一天起来吃一顿，中午吃了，晚上就不吃。说话像叹气。三天说不了一句，一句不超过三个字。

自从儿子开始不正常，吴老汉的身子也就迅速差下去。本来铁打一般的人，不到半年，就如草扎的一般，走路，要拄着拐杖了。仍然是一家三口过日子，但天亮了常常不开门，天黑了常常不点灯，白天黑夜都不像日子，人家已不像人家了。

2022 年 11 月 3 日初稿
11 月 20 日改定

家长

一

我的父母本来是农村小学教员，20世纪70年代后期，调入了公社中学。那是父亲老家的公社。80年代初，本县另一个公社中学的校长，换成了父亲小学时的一位老师。父亲的这位老师，一直认为父亲的语文水平很高，当了校长后，便要父亲到他那里去教语文，母亲自然也一起调去，也教语文。其实，这位校长，只是几十年前教过父亲的小学语文。大概那时候，父亲给他留下了语文好的印象，这印象就成了几十年后将父亲调去教中学语文的理由。这恰如看见一个孩子童稚时期长得有些可爱，就认定成年后的他一定是美男子，是很有些经验主义、机械主义和主观主义的。父亲的理科其实比文科好。母亲的语文也比父亲好一点。

那时候，高考恢复已经好几年了。农村初级中学的学生，面临三种选择。一种，是考入高中，目标是进入大学；一种，是考进中专，中专毕业即成为国家公职人员；还有一种，就是初中毕业便结束学生生涯，回家该干嘛干嘛。

希望考入中专者，是绝大多数。中专，有许多优势，比大学的诱惑力要大得多。一般只需要上两年即毕业，一毕业就能挣钱，这是学制上的优势。离家近，基本上是在本地地级市机关所在地的那个城市，再远些，也出不了省，这是距离上的优势。中专学校，门类有很多，农校、团校、卫校、粮食学校、供销学校等等。招生最多的，是师范学校。师范学校毕业，虽然总是回到家乡中小学当个教书匠，手里并没有让人来"求"的东西，但毕竟算是端上了铁饭碗，何况，师范学校，是免收学费的。农民，手头不总是紧着的人家很少。孩子考上了可以跳出"农门"的学校，当然要上，但那上学的学费、生活费，还有来回的路费，不用东挪西借，自家就能筹齐，这样的人家并不多见。如果省去了学费这一项，负担就轻了许多。所以，孩子如果考入了某个师范学校，家长也是很高兴的。

那么，农民就不知道上大学的好吗？说他们完全不知道，也不妥当。但那时候的农民对上大学的好，普遍知道得朦朦胧胧、模模糊糊。实际上，要说上个大学便一定比上个中专，会更有出息、更有作为，或者换成民间味更浓些的话语，会当更大的官、挣更多的钱，那可真未必。农校、团校这类学校，一毕业就到党政机关工作，用后来的话说，就进入公务员系列。而进了这个系列，当官就容易得多。初中时的同班同学，一个初中毕业后考进了农校或团校，一个初中毕业后考入了高中，而且是名牌高中，这是常见的事。考入农校或团校的学生，二年后毕业，分到县里的党政机关工作，成为机关干部，开始挣钱了，而那个上了高中的学生，还在读高三，在为考上大学而拼得脸煞白，而熬得眼血红，而瘦得皮包骨。一年后，这个学生考取了大城市里的名牌师范大学，四年后，回到家乡的县城中学当老师，这也是常见的事。而这时，那个从农校或团校毕业的人，已经在县里的党政机关工作五年了，历练五年了，已经是很成熟的机关干部了，甚至已经当了个小官或在县城也并不算小的官了。在县党政机关工作了五年，已经进入了一个甚至多个关系网了，已经在一个甚至多个关系网上有着自己的位置了，已经具有了相当的"办事能力"了。这时候，两个同学如果见面，从中专毕业的人，便有了些官气了；而从师范大学毕业的人，则不免有些寒酸气。从中专毕业的人，已经很懂社会了，而从师范大学毕业的人，则有一面又一面社会之壁等着他去碰。再过些年，那个从农校或团校毕业的人，当了县教育局的局长了，管着全县中小学所有的校长和老师，那个从师范大学毕业的人，当然还是县中学的老师。又过了些年，那个从农校或团校毕业的人，当了分管文教卫的县长了，全县文化、教育、卫生都归他管，而那个从师范大学毕业的人，还是县中学的老师。当然，已经混成了老教师。也可能，成了书教得好的老教师。但书教得好，也不过书教得好而已。这并非信口胡扯。20世纪80年代农校、团校毕业的学生，许多人成了官员，不少人在地方上算官位显赫，有的人，甚至攀到了省部级。所以，中专的诱惑力，要比大学大得多。

前面说父母从父亲老家的公社中学，调到了由父亲小学老师当校长的另一所公社中学，这可能不太准确。1984年，全国有统一的"撤社建乡"的伟大行动。所谓"撤社建乡"，就是废止实行了二十多年的人民公社制度，原来的作为一级行政机构的"公社"，改称为"乡"。当然不只是名称的变化。相对于"公社"，"乡"在组建方式、内在结构和政治职能上，都有重要变化。公社中学，自然变成了乡中学。所以，父母调入父亲小学老师当校长的中学时，公社中学应该已经叫乡中学了。乡级中学，都是初中。那些年，因为进了初中的孩子，绝大多数都想考上中专，各乡中学之间的竞争是很激烈的。年年中考，是对中学教员、校长的严峻考验。有多少毕业生考上了中专，在全县排名如何，是至关重要的事情。我父母新调入的那所中学，则一直表现很差，每年的全县排名，倒着数便很快能找到它。这个乡的人民群众，对本乡中学的如此状况，很不满意。这真不是一句套话。那时候，一个乡中学中专升学率如何，是全乡人民普遍关心的事情。已经有孩子在中学的家长，学校每年能考取多少中专，自然关乎他们眼前的得失。已经有孩子在小学的家长，也不会眼睛不盯着乡中学的中专升学率。日子是过得飞快的。孩子很快就小学毕业，升入这中学了。这中学每年能有多少孩子考取中专，甚至能影响家长在孩子小学上完后是否把他送入初中。中学办得好，每年能有许多人考取中专，小学生的家长自然希望孩子快点小学毕业进入中学。中学办得不好，每年考取中专的人少得可怜，小学生的家长就没有送孩子进中学的热情了，即使不得不送来，也是低着头、噘着嘴。而在农村，谁家没孩子呢？自己实在生不出，也会抱养一个。所以，乡里的中学办得咋样，确实关系到许多家庭的利益。

家　长

二

　　父亲的小学老师当了这让人说起来就嘴角含笑的中学的校长，自然有了不小的压力。把父母调过去，也是想让学校在中考中有点起色，让人说起来嘴角的笑淡一点儿。父母去了以后，也确实很快有了些变化。父母都教语文。开始几年，学校的学生，在中考中，语文单科成绩进步很快。某一科特别突出，也能带动总体录取率往前蹿一点。有的学生，本来每一科都平平，总分也上不去。但如果其他几科平平，语文却出类拔萃，总分也就垫高了一些，运气好时，也就达到了那中专录取线了。所以，父母到了这个学校后，每年考取中专的人数，比往年都多几个。几年后，校长退休，学校便由父母负责。父母立即用算得上残酷、接近于野蛮的手段狠抓那应试教育，把老师和学生都折腾得死去活来。学校于是腾飞，中考录取率急速攀升，甚而至于往往全县第一。学校也名声大噪。一些县城的干部，甚至也把孩子送到这个偏远之地的学校来。

　　父母是学校的双职工，以校为家。那些年，年年暑假，家里都天天热热闹闹。天天都有人来。从吃过早饭到快吃晚饭,家里总有客人。通常是这几人还没有走,那几人又来了。有的老师,暑假回家,把房门钥匙留在我家。家里来人太多,凳子不够,就到别的老师房中取。来的人把那间待客的堂屋都坐满了,父亲便拿个小矮凳,坐在门槛边接待客人。小矮凳的四条腿,两条落在门里,两条落在门外。父亲这样坐着,背朝外,面向里,便把门挡掉了一半。又有人来了,便站起来一下,向里侧身把人迎进来;有人告辞了,站起来一下,向外侧身把人送走。人来人走的间隙,便面向客人坐着。有人临时进出,父亲便把两腿并拢,身子在矮凳上侧过去,把人让出去或让进来。暑假的前半段,来人比较地少一点。中考成绩揭晓后,来人更成倍地多起来。

　　来的大多是刚刚参加了中考的学生的父亲。孩子成绩考得不错,在录取分数线以上,便存在一个填志愿的问题。这也真是一门学问。家长当然不懂这门学问,要到学校来请教老师。分数在录取线以下,却又离录取线不远,想要复读,自然要到学校来交涉。有的学生,中考成绩只比那录取线低一分,家长那脸上的表情,说痛悔不是痛悔,说悲哀不是悲哀,说绝望也不全是绝望。一个人,伸手想抓一块金元宝,那手与元宝之间,只差一粒米,拼命地身体前倾,拼命地伸长手臂,够啊够,但那一粒米的距离就是够不过

家　长

去，够不过去，却又还想往前够，这时候的表情，大概就是孩子只差一分的家长的表情。本来，没达到分数线，找校长老师也没有用。但不找校长老师，又能找谁呢？这家长，总希望孩子的校长老师能够在前面拉他一把，或者从后面托他一掌，让他终于越过了那一粒米，所以三番五次地来。父母呢，也只能一次次陪他叹息、陪他遗憾、陪他满面愁容，然后一次次地告诉他，差一分与差十分、二十分，局面是一样一样的。这一分，就是万丈鸿沟，就是天上的银河、地上的珠峰。有的家长，孩子达到了那录取线，但是，只比那线高出一分，因为怕不牢靠，也老往学校跑。这样的孩子的父亲，与那只差一分的孩子的父亲，神情自然不很相同，却又奇怪地有相似之处。他很想高高兴兴，却又实在不能太高兴。如果说只差一分，是与那金元宝差着够不过去的一粒米，那只高出一分，则是虽然终于抓着那金元宝，但也只抓住了一粒米那么大的一点。只抓住了这么一点点，那是很容易滑脱的。只低一分和只高一分，对家长都是折磨。这都像是被戏弄了，都像是被吊起来了。只低一分，是被人吊进了一口浅井；只高一分，是被人吊在了一棵矮树上。只高一分的学生家长，老往学校跑，是想从校长老师那里讨得定心丸。父母每次总是先安慰他，劝他不要太焦心，高出一分，希望很大，但又实在不敢把话说得很满。只高出一分，如果志愿填得不好，确实不能说绝对没有最终被淘汰的可能。既安慰他，又不敢把话说得很满，言辞间自然就有了些闪闪烁烁的意味。这种时候，那家长，对校长老师宽慰他的话很迟钝，信任度极低，视作是客套、是礼数、是欺骗，而对校长老师言辞间的保留语气、闪烁意味，则特别敏感，立即把这保留语气、闪烁意味放大，大到把所有安慰他的话挤掉。考分与公布的中专录取线相同，一分不多一分不少，这样的情形也有的。这时候，那家长的表情，可真是"悲欣交集"。这样的家长，也会一趟又一趟地往学校跑。他的感觉，应该是坐在了悬崖上。坐在了悬崖上，两腿悬空。如果身后有个坚固的东西，可让他一侧身便一把抓住，那就安全了。但是，如果突然身后一阵风来，就可能把他吹落深涧。他一趟趟往学校跑，就是在侧身寻找那坚固的东西。他希望校长老师是那坚固的东西。

差了一分，这样的家长到学校来，到家里来，不难应付。父母不怕他们来。他天天来也无妨，就算这段时间他是到学校上班好了，无非贴上点茶烟。因为回答他们，可以毫不含糊，可以斩钉截铁：不可能！最难应付的，是只比录取线高出一两分，或者考分正好就是录取线的学生家长。这样的家长，他们一趟趟往学校跑，是想从校长老师这里讨得定心丸；是希望

家　长

校长老师能够帮一把，让孩子能够进入某个中专学校。但又不完全是如此。他们上班一般地往学校跑，有两层意思：第一层意思，是希望校长、老师，能够在录取开始前，替他把事情稳一稳；第二层意思是，如果校长老师不能出面替他把事情稳一稳，那请给他指条路，也就是告诉他应该怎么做，说白了，就是指导他如何到县里去打点。

县教育局，有专门负责协调中专招生的机构。家长们都听说，如果孩子的考分只高出一两分，甚至与那公布的录取线相等，志愿填得不妥当，有可能最终被淘汰掉，但如果县教育局负责招生的机构一开始就关注到你，在他们的协调下，就肯定能录取。如何才能让县里的招生机构关注你、关心你呢？当然要尽快去找他们。但是，应该找谁呢？应该怎样找呢？家长们当然不知道，只能来问校长老师。这样的难应付的家长，通常都是由父亲应付。他们一遍遍地问："老师！我要到县里去找找人吧？我要到哪里找什么人呢？我不能空着手吧？那我要带些什么东西呢？"面对这样的询问，父亲永远是沉默不语，坐在那里，喝茶、抽烟，抽烟、喝茶，偶尔咳嗽几声，如果咳出痰了，就站起身，走到门外，把痰吐在阴沟里，然后回到原处坐下，继续喝茶、抽烟，抽烟、喝茶。

三

那些年，我在上海一所大学读研究生，从硕士到博士读了六年，年年暑假回家，年年见识各种各样的家长的各种各样的表现。有几个人，给我留下了深刻的印象。

有一年暑假里，中考成绩揭晓，有两个学生的考分很微妙，介乎可上可下之间。一下子遇上两个这种情形，父母也觉得学校运气不好。我对这中间的因由也不太清楚，总之是，如果县里负责中考招生的领导与招生学校做些沟通，就能够考取；如果这领导不特别关心，就可能自然淘汰。领导特别关心，也算是分内事，并不犯规；领导不特别关心，也不违情悖理，也不算渎职。这两个学生，一个姓张，一个姓吴。成绩揭晓的第二天上午，张同学的父亲第一次来了。看起来不到四十岁，高高的个子，圆圆的脸上胡子拉碴，眼圈黑黑的，眼睛里有血丝。一进门，就掏出一包烟，是"渡江"牌。这在民间算高档烟了，绝非普通农民的日常生活用品。他进来时，家里堂屋已经有了一屋子人。他把烟拆开，给所有人都送上一支，当然也给了我一支。给别人送上香烟，我们那里叫散

家　长

烟。而乡下人散烟，是从来不散给女性，问都不问一句。他把一圈烟散完，目光顺着刚才散烟的路线又扫了一遍，是在看看是否漏散了谁。在这样扫视着时，左手捏着烟盒，右手的食指和中指轻轻搭在烟盒口上，是随时要抽出一支的姿态。一圈看下来，听见后面厨房里的响动，侧身一看，发现了在厨房里忙活的母亲，连忙走进去，同时抽出了一支烟。母亲从不抽烟。他走回来，并没有把那母亲拒收的烟塞回烟盒，而是随手放在了堂屋的桌上。这时，学校养的那只灰黑色的狗在桌子下面嗅来嗅去地嗅着什么，他盯着那狗看了一会，仿佛在考虑是否也给这狗送上一支，而狗似乎猜到了他的心思，突然一转身，夹着尾巴跑出去了。对于这样的多礼，狗确实消受不起。他盯着狗的背影看了一眼，才把香烟塞进兜里。这时，他开始了第二次全屋扫视，是想找到个能安放自己的地方。但屋里已经没有可坐之凳了。他正四下顾盼时，母亲拿着她平时在厨房择菜时坐的小凳子过来了，送到他手上。他双手接过，连声道谢，在最里边的墙角放下了小凳，坐下了。我本来在别的老师房间躺着看书，这会是回来给茶杯换茶叶。我倒了一杯茶，递给他，他连忙站起，也是双手接过，也是一连声地道谢。所有人都在抽烟。他散了一圈烟，自己手上却没有烟。我于是拿起他放在桌上的那支烟，递给他，他连忙站起，伸出两只手掌，轻轻摇摆着，说："我不吃烟！我不吃烟！"在那时的农村，男子成年而不抽烟，是很稀罕的，我于是多看了他几眼。父亲坐在门槛边的小凳子上。隔着一间屋子的距离，他对着父亲开口了，声音有些大："王老师！我那鬼呀，考这么个分数！我昨夜一夜没困哪！不晓得是该乐还是该愁。好多人讲，要去县里找人，要去打点。王老师！我找！我送！不碍事。我无非把猪卖掉。王老师！我要去哪里？要找谁？要怎么送？"屋子里的人，都听懂了他的意思，像是有谁喊了口令似的，他们一齐看看父亲，又一齐看看这家长。对这样的询问，父亲通常是面无表情地沉默，竭力避免表现出倾向性。这回，父亲依然沉默，但脸上却有了一丝微笑。

这天，他没有从学校得到任何他需要的东西。一屋子人，来时，是陆陆续续地来，一会儿来一个。但前客并不让后客。有的人，我们家刚放下早饭碗，就来了。他要问的事情，几句话的来回，也就解决了。但他并不告辞，而是仍然像有什么重要事情似的稳坐着，抽烟、喝茶，喝茶、抽烟。到快吃午饭时，则一齐离去。下午的情形也是如此。老张也与大家一起走了，很沮丧的样子。其他人是一出门，就直往家的方向奔，让人知道他的肚子一定很饿了。老张则步履蹒跚，不像是回家，倒像是往某个很不愿意去的地方去。走出几十米，还回头看了我家门一眼。这一回头，让我顿时觉得这个人很可爱。

暑假里，白天家里闹哄哄，晚上是安静的。吃过晚饭，全家便到校园内的操场上乘凉。老张来的这天晚上，也这样。我躺在一张竹子凉床上，父母坐在矮凳子上，边上放张机子凳，茶杯放在机子上，水瓶放在地上。每人一把芭蕉扇。芭蕉扇，既用来扇风取凉，也用来驱赶蚊子。说话是有一搭无一搭，芭蕉扇则在手里动个不停。我躺着，扇几下头部，又在腿脚上拍打几下。父母则扇几下上半身，又拍打几下下半身，不是因为感觉有蚊子叮上身，而是要一直保持对蚊子的驱离态势，根本不给虫孽们可乘之机。我们那里的俗话云："过了七月半，看牛伢子蹲田坎。"过了七月半，天便转凉。一阵风来，野外放牛的孩子，会躲到田埂下，避风。现在已经过了七月半。我赤膊躺在竹子凉床了，夜稍深一点，就有些凉意了。一阵风来，我竟激灵了一下。母亲说："有点冷了，再坐一会就回家睡吧。"我也想回去睡了，可别把乘凉变成受凉。但月色很好，又有点舍不得早睡。这时候，半卧在凉床边的狗，突然狂叫着向校园后门冲去。学校有围墙，围墙上有前后门。前门安着铁门，后门则只有门洞，并未安实体的门。我们乘凉的操场，离后门大概五六十米。我们朝后门看去，便见两个人走进校园。我知道是客人而不是歹人，便大声骂着狗，令它闭嘴。狗没闭嘴，只是声音低了下来，缓了下来，也没有往来人身上扑，隔着一段距离，对着来人叫着。那两个人，似乎对这狗毫不介意，看肯定看了狗一眼，但也是不经意地一瞥。狗护送着两人走近，便看清是一老一少两个男人。老的男人与父母打了招呼，说自己是那吴同学的父亲，又说吴同学是小儿子，而与他同来的小伙子是大儿子。父母当然明白了他是为儿子录取的事情来，请他们坐。但只能坐在那凉床上。当他们走近时，我便坐起身了。弄明白了他们的身份，我便低头在地上找自己的拖鞋，却死活只看见左脚一只，那父子则在旁边站着。其实，一张凉床，并排坐三个人，仍然很宽松。但我不起身，那对父子就不坐下。我也觉得，与他们并肩坐着，不大合适，好像我也是与他们一起来的客人。拖鞋只看见一只，不能让客人老站着，我便把左脚胡乱塞进拖鞋，右脚光着，站起了身。他们父子便在凉床上坐下。父亲拿起杌子上的香烟，先抽出一支，递给那个老吴，他伸手接过；轮到儿子，道谢了一声，也接过。这时。母亲从家里泡了两杯茶，父亲见状，两手端着，把杌子凳往这对父子跟前移了移。母亲把两杯茶小心翼翼地放在了杌子凳上，放下茶杯，连忙把右手背放在嘴边吹着，肯定是热茶溅到了手背上。我也从杌子凳上的

家　长

烟盒里抽出一支烟，点上，然后拿起自己的茶杯，一脚拖鞋一脚光着，走到边上去。我把自己的杯子拿走，当然因为机子凳子上太拥挤了，但也因为怕与他们的杯子弄混了。我在这对父子对面站定，抽一口烟，喝一口茶；喝一口茶，抽一口烟。隔着一点距离，我看着他们。家里来了客人，送上香烟后，客人如果接过，会立即自己掏出火来点上。这对父子，接过香烟后并没有点火，没有自己掏出火，也没有拿那机子上的火。父亲见他们只是把烟拿在手上，便拿起火柴，划着，先给老吴点，老吴把烟送进嘴里，微微低头，吸了一口，便点着了。父亲又把那燃着的小火焰往那儿子嘴边送，儿子已经把烟叼在嘴里，也凑过来，吸了一口，点着了。那根火柴还在烧着，但火焰已经很小，父亲连忙把它扔在地上，也把手指送到嘴边吹了吹。接待这对父子，母亲被水烫了一下，父亲被火烫了一下。老吴父子慢慢抽着烟，一时没有说话，于是局面便呈静默状态。我开始观察老吴。五十来岁的样子，瘦瘦的脸，却留着个背头。我记得，过去在农村，公社干部都留背头，大队干部也有人留背头。到了生产队长，就不好意思留背头了。普通农民而留背头，我此前没有见过。老吴白色衬衣外面穿着件深色外套，外套敞着，没有系扣子。外套的式样也毫不老旧。老吴的确是地地道道的农民，但身上分明散放着普通农民没有的气息。总之，这是一个不太像农民的农民。

一根烟快抽完，老吴开口了："老师！他们都说要到县里去送礼。你也是个人，我也是个人，我送东西给你做啥？"语气里有些鄙夷，又有些激昂。父母没有搭腔。我则眼睛一亮。农民而有如此襟怀，农民而有如此豪气，农民而能如此刚直，实在罕见。对他的敬意油然而生。说完这句话又沉默了。老吴扔掉烟头，拿起茶杯喝茶，连喝了几口。夜凉如水，那茶应该不热了。我拿起水瓶，说："加点热水。"老吴没吭声，只是把茶杯伸到水瓶边。我替他把茶杯加满水，又抽出一支烟递上，老吴接过烟，这回自己拿起火柴点着了。老吴抽一口烟，喝几口茶；喝几口茶，抽一口烟。那时候的乡村的夜，很静。月亮到了中天。月光下、操场上，只有老吴父子的喝茶声。一杯茶又喝完了，老吴把茶杯放到凳子上，终于又开口了，但却是重复刚才的话："你也是个人，我也是个人，我要送东西给你做啥？"他说的"你"，当然是指县里的人，但却是零距离地冲着父母说的，我感到父母都有些尴尬。本来父母对这类询问都不做回应。老吴这样使用第二人称，父母就更没法接话了。我正要再给老吴杯中续水，母亲从小凳子上站起身，拿起水瓶，往老吴杯子加了水。我知道，母亲加水的动作，与我的意味不同。我的动作里有敬意，母亲则有催他走的意思。我们本来就打算睡了，老吴又只说着那句让父母没法接话的话，再坐下去没有意义。但老吴显然没有感觉到母亲的意思，仍然不紧不慢地喝着茶。杯中茶应该很淡了，把这杯淡茶又喝完，老吴又开口了，还是那句话："你也是个人，我也是个人，我要送东西给你做啥？"父母仍然像并没有听见一样。

父母一直不接老吴的话。老吴父子又静坐了一会，终于起身告辞。父母都站起来，我本来就站着。我们没有送老吴父子。半卧着的狗站起身，抖一抖身子，摇着尾巴，把老吴父子送出了校园。

四

我目送老吴父子的身影消失，才回过头。虽然觉得老吴的言行有点怪异，但我仍然对他有着敬意。我们那里，把有傲骨、不轻易低头弯腰，叫做"棍气"。我觉得，老吴算得上棍气的人。如果说上午来的老张很可爱，那这晚上来的老吴则有些可敬。但我又想不明白老吴来的目的何在。老吴父子坐在这里的时候，父亲没有动一下茶杯。现在，父亲拿起自己的杯子，把里面已经凉了的茶倒掉，我拿起水瓶，替他加上热水，放下水瓶，我问父亲："这老吴今夜来的意思是什么？"父亲刚把茶杯送到嘴边，听我这样问，茶杯在嘴边停住，说："我也不知道他来干什么，大概是想让我们到县里替他把事情办成。"我又问："像老张老吴孩子这种情况，真要到县里送礼吗？"父亲连喝了两口茶，又把茶杯停在嘴边，说："如果县招办不特意协调，那是有淘汰的可能。"父亲没有明确回答我的问题，但我听出了那言外之意。便又问："如果送礼，要送多少呢？"父亲把茶杯放到凳子上，说："听说也不用很多，一点烟酒。"我又问："那老吴让学校到县里替他把事情办妥，是想让学校去替他送礼吗？"父亲想了一想，说："这恐怕不至于。"我和父亲都没有想明白老吴父子夜晚来访的目的，母亲则想都懒得想。

回家睡觉前，我得把另一只拖鞋找到。举目一望，在操场的边缘处，有个砖块样的黑影，走近一看，果然是那只拖鞋，倒扣在地上。那狗，本来微微蜷曲着斜卧在凉床边，见我往这里来，连忙起身跟过来，像是怕错过了一块骨头。我用脚指头把拖鞋翻过来，再把脚伸进去，那狗则讨好地摇着尾巴，把鼻子贴着拖鞋嗅着，仿佛不认识它刚刚叼过来的东西。我于是顺脚踢了它一下，狗东西"汪"的一声跑开。

第二天上午，老张又来了。仍然是一进门，便掏出烟来散。烟盒瘪皱皱，一看就是昨天剩下的那盒烟。一圈没有散完，掏不出东西来了。他右手食指和中指并排着在烟盒里左右掏摸了一下，又把左手握成拳，把那烟盒捏成一团，才把它扔进墙角的簸箕里。左手扔掉那空烟盒的同时，右手又从兜里掏出了一盒，还是"渡江"牌。他可真是有备而来啊！散完一圈烟，仍然在一个角落里坐下。今天人比昨天少几个，父亲能坐在桌边。老张离父亲的距离，只有昨天的一半，但嗓门像昨天一样大："王老师！我昨日下午和夜里，把钱借到了，借了好几家，也不要卖猪了。好多人都来跟我讲，一定要去找人！那鬼伢，这几天饭也不吃，觉也不困，像孬了一样！咋个好啊？"

"孬"，这里是傻的意思，是精神失常的意思。我给他送上一杯茶。他站起来，双手接住，边喝着边往下坐。我注意到他嘴唇上有了水泡，那肯定是急出来的。喝了几口茶，老张又开口了："王老师！你不知道啊！家屋下人，都很关心我家的事情，不过……"说到这里，他又停住，把茶杯往嘴边送，动作很慢，像电影里慢镜头。显然在想下面怎么说才好。所谓"屋下"，就是村里的意思。"家屋下"，就是自己村里。老张是要说说一些不太好说的事情。喝了几口茶，终于接着说："不过，家屋下人，心思都不很好啊！他们表面很关心伢的事，其实是望他考不取，等着看笑话呢！"说到这里，他又慢慢地喝起茶来。"望"，是盼望的意思。小口小口地慢慢喝了两口茶，老张又开口："他们劝我去找人，催我去送礼，表面上是在关心我家，实际是想让我为难。他们晓得我不晓得找哪个，他们晓得我不晓得送礼给哪个！"说到这里，声音里有了哭腔。今天，面对老张的近乎哭诉的话语，父亲仍然默不作声，但脸上有了些哀怜之色，有了些不忍之意。

又过些天，暑假便接近尾声了。考取了中专的学生，也开始接到录取通知书。接到通知书的学生家长，通常都要到学校来一趟，有的是家长自己来，更多的家长是带着孩子来。来，一是表示谢意，二是咨询一下入学报到要注意的事项。表示谢意，自然要带些礼物。父母的原则是，如果是花钱买的东西，也就是烟酒之类，则坚决不收。自家出产的东西，芝麻绿豆、花生瓜子、糯米粉、红薯粉之类，实在推脱不掉，就收下。年年暑假，家里收到的这类农产品不少，平时只有父母在家过日子，如何消耗得了，便在开学后拿到学校食堂，与老师们一起吃掉。

老张的儿子也接到了录取通知书。老张带着儿子来了。满面春风，笑得合不拢嘴。一进门，把一个破旧的黑皮革包和一个布口袋放在门边，皮革包和布口袋都很饱满。放下这两样东西，便掏出烟来散。散完

家　长

一圈烟，坐下，用手掌擦擦脑门上的汗珠，问了几句入学报到的事情。给他倒的茶，一口未喝，就站起身，又掏出烟来散。屋子里坐着的人，有的手指间还夹着他进来时散的烟，只好用另一只手接过他的第二支烟。散完第二支烟，便走到门边，拿起皮革包，迅速地从里面掏出一条烟，一瓶酒，往地上一放，便快速出门，儿子跟在他后面。我立即走到门边，左手拿起烟、右手拿起酒，想拿那布口袋，却恨没有第三只手，只得拿着烟酒赶出去。老张已经跑出好远，儿子落在后面。我叫着那孩子的名字，喝令他站住。他只得侧身站住，一会扭头向右看看往远处走的他爹，一会扭头向左看着往近走来的我。他爹见儿子站住了，也在远处站定。我走到孩子身边，把左手的烟伸向他的右手，把右手的酒伸向他的左手，命令他拿着。孩子两手握起了拳头，像是要与我打架，同时又扭头看他爹，他爹直向他摆手。我说："拿着！不然取消你的录取资格！"一听这话，孩子两只拳头缓缓松开，终于接过了我手里的东西，但还呆呆地站着。我把他的身子朝他父亲那边一扭，说："走吧！"孩子一手拿烟，一手拿酒，磨磨蹭蹭地往前走，低着头，不敢看他的父亲。回到家，我看看那布口袋，是糯米粉，一大袋。

老吴的儿子也接到了录取通知书。那天，孩子一个人来了,是来问问入学报到要注意的问题。这个问题,父亲不知回答了多少遍,便清楚、细致地对孩子做了说明,孩子便走了。

这天晚上,乘凉时闲聊,我问父亲:"老张和老吴都到县里送礼了吗?"父亲说:"老张去没去不清楚。那姓吴的去了。"我有点诧异:"老吴去送礼了?这么棍气的人!"父亲喝了口茶,说:"去下了一跪。"

2022 年 9 月 25 日初稿

10 月 19 日改定

真相

自媒体真是个好东西。有了它，任何一个角落发生的事，只要有点新闻性，很快便传遍角角落落。那种因人与人的冲突而产生的悲剧，不用隔三岔五，隔一岔二便能在自媒体上出现，又总是受到人们的热议。这类事情，在刚发生时，舆论常常是一边倒。人们据以表达同情、倾泻愤怒、做出判断的，是两种东西：一是已经披露的事实，二是冲突双方的社会地位。

这类事件一发生，我当然也很关注。但我总不敢轻易发声。我总怕那业已披露的经过并非全部的事实；我总疑心事情的真相并不完全像人们普遍认为的那样。事情越离奇，是非越显然，我越是觉得事情并非像表现出来的那样简单，在人们已知的事实背后，说不定有幽微的蹊跷，有未能显露的曲折，有着只有

真 相

一个人知晓甚至根本无人知晓的隐情。至于依据当事人的社会地位判断是非,那就像仅凭个头挑选打篮球的,仅看脸蛋挑选演戏的,更是荒谬了。正义一定在弱势的那一边,这是人们的思维定势。这种思维定势的形成当然是有原因的,但又并不是很理性的。那个人权势煊赫,一贯欺良压善,那么,在这件事上,就一定也是他在欺侮别人——这样的习惯性认知,是可能误解和冤枉人的。在其他所有的与他人冲突中,都是他无理,但偏偏在这件事情上他应该得到更多的同情:这种可能性也是存在的。《红楼梦》中的薛蟠,那可真是头顶生疮、脚底流脓的角色,一天不凌辱他人,他就觉得日子不是日子。但是,他也有被误解、遭冤枉的时候。那件坏事,太像是薛蟠干的;揆情度理,不可能不是他干的,于是,人们,包括他的母亲和妹妹,都认定是他干的,但还真就不是他干的——这样的事情,也是有的。

连薛蟠这样的人都会有冤屈,升斗小民就更不会没有。其实,任何一个人,活到一定年岁,都会积累些冤屈,就像茶杯水瓶用久了,杯底瓶壁上总要黏附些水垢。活到天命、耳顺之年腹中还无冤屈的人,大概是没有的。

被误解、遭冤枉,不同于被栽赃、遭诬陷。被误解、遭冤枉,是无意间错拿了别人的钱包而被认为是偷；被栽赃、遭诬陷，则是有人把钱包塞进你口袋并指控你偷。前者像掏粪工掉进泥水沟，身上的东西不是粪也是粪；后者则是有人把粪抹到你裤裆里，不是你的东西也是你的东西。

被误解、遭冤枉，是被人无意地置于道德上的窘境。这种被置于道德上的窘境的事情，什么时候想起来，都会令我们有些气愤。有时候，正高兴着，突然想起这样一件事，我们会脸一沉，哪怕这件事过去数十年。但，一个人，活到一定岁数，也总会做过让他人被误解、遭冤枉的事情。既然让他人被误解、遭冤枉时，我们往往并不知道事情的真相，那就谁也无法证明自己绝对没有做过这样的事。但是，有时候，我们是知道自己的行为让他人陷入了道德上的窘境，虽然并非有意栽赃、诬陷。那件发生在许多年前的事，只有你一个人知道全部真相。这样的记忆，则总是伴随着愧疚。

我有过多次被误解、遭冤枉的经历；也肯定多次置他人于被误解、遭冤枉的境地。在记忆中，置他人于被误解、遭冤枉境地的事情，发生更早，那就先说说我对不起他人的事。

在我的生涯中，第一个对不起的人，是一个卡车司机。当然，这里的第一，是指顺序，不是指程度。

我五六岁时，家住在一个小镇上。一条青石街横贯小镇。这青石街年代很久远。青石街的一头，与一条公路相接，形成一个"丁"字。这公路据说是国道，那时还是石子铺路。从青石街往这石子路走，到尽头，左手是一个有点高度的土坡。坡上面有两家人家。靠近青石街的是一户姓董的瓦匠，更左边是我家。两家并排相邻，家门都正对着公路。这里应该本来就是一处山坡。那公路从左边延伸过来时，也是一条下坡路。在我的记忆里，那坡很有点陡。五六岁时的一个冬日，我正坐在家门口晒太阳。远远看见一辆蓝色的卡车从左边坡顶出现。我突然想要与卡车来个比赛：争取在卡车驶过前穿过公路。这个念头电光火石般一闪，我便立即从小凳子上站起，先是飞奔着下了土坡，然后左转向公路对面跑去。而卡车也从坡上直冲下来。几乎在我穿过公路的同时，卡车也在我身边急吼一声刹住。我跑过公路，便站在路边，也就是站在卡车左前轮边。我看看卡车轮子，再看看自己的脚，车的脚和我的脚真是紧紧挨着啊，可到底没能挨上。我看着车轮和我的左脚之间近乎没有距离的距离，像在欣赏自己的伟大战果。我赢了！我感到骄傲，我感到自豪，一阵喜悦涌上心头。公路离我家大概几十米，急刹车把在家里的外公、外婆和母亲都唤出了门。外公、外婆和母亲一看，便知道卡车是为我而急刹，便一齐冲下坡。卡车司机也走下了车。外公、外婆和母亲把司机围住，对着这司机大喊大叫。我正骄傲、正自豪、正喜悦着呢，他们的大喊大叫很扫我的兴。不是没有轧着吗，你们叫喊啥呢？我当时穿着棉鞋，是红色的鞋带，左脚的鞋带松了，拖在地上。外公、外婆和母亲叫喊的话，我都忘记了，总之是对那司机的质问、斥责，但有一句话记住了："车轮都轧着鞋带了！"意思是再差一点点，就伤着人了。一个五六岁的孩子，被大卡车的轮子一碰，那结果还用想吗？

我记人脸的能力，差到常常让自己的脸满是羞愧的地步。几个月前在一起喝过酒，你敬我来我敬你，甚至互留了电话、加了微信，甚而至于称兄道弟，几个月后再见面，我也许就完全不记得他是谁。这容易被认为是傲慢，是目中无人。这实在也是冤枉。我有什么好傲慢的呢？我凭什么目中无人呢？记不住别人的脸，实在是因为智力有缺陷。但我一直记得五六岁时在我家门前急刹车的那位司机的脸。这是一个细高个子的男子，当时是三四十岁吧，是一张长脸。他下车后，脸色煞白，像扑了一层石灰。下车后，他看了看我，并没有对我说半句话。这时，我的家人就围上来了。当我家人开始对他大喊大叫时，他想分辨。但刚一开口，就被压制住了。"家门口三尺硬地。"这是在人家门口，他也确实差点把人家的孩子轧死，他还

真　相

有什么可分辩的呢？他能说的话，也就是："这伢突然跑着穿过公路呢！"但这句话即使说出口，也丝毫不能减轻我的家人对他的怨怒。在被劈头盖脸地骂了一顿后，这位司机开着他的车走了。他和他的车，都是带着委屈走的。他委屈，因为实在是我突然奔跑着横穿公路，打他个措手不及。他实在没有一点错，但惊吓之外，还结结实实地挨了几个人的骂。他一定以为我是在没有看见汽车的情形下跑过公路的。他以为这就是事情的真相。他不知道事情的真相是一个五六岁的男孩在看见卡车从高坡上驶下来时要以横穿公路的方式，与卡车一比快慢。这位司机不知道，我的家人也不知道。我当时没有对他们讲，后来也没有。这真相只有我一个人知道。在我的家乡，把孩子死后变成的鬼称作伢鬼。我那天如果变成轮下伢鬼，这位司机可能要负全部责任。就连我突然跑过公路，他都无法证明呢！

　　这位司机师傅的脸，一开始是煞白，后来则有些紫涨。我一直记得这张脸。我一直怀着对这位师傅的愧疚。

　　我们读高中是住校的。一个班四五十人，住在一间屋子里。是那种上下铺的木头床。铺面不到一米宽。有一段时间，宿舍里总是有人丢东西。晚上睡觉，衣服胡乱放在床头床尾，第二天起床，去打饭，发现口袋里那点饭票没了。类似的事情频频出现，于是大家都在睡觉前把衣服压在头底下。也有老师晒着的衣服被偷。晒在外面的衣服，睡前忘记收，第二天不见了。老师的宿舍都很小。晒在室内的衣服，如果睡觉时窗户没关好，也有被偷的，那是用竹竿从窗户中挑出来的。最惨的是我。我在短时期内被偷了三次。一次是口袋里的饭票被偷了。一次是一双尼龙袜被偷了。尼龙袜，那时是很时髦的东西。更时髦的还有泡沫塑料凉鞋。上初中时，一年夏天，父母特意托人开后门，在公社供销社为我买了一双泡沫塑料的凉鞋。花了好几块钱，是好几斤猪肉的价钱。那时这种凉鞋，款式、颜色似乎只有一种。泡沫塑料的鞋底，鞋面是两根交叉的带子，都是那种酱褐色。这鞋子我一穿，却小了，便给了弟弟。心里的滋味，说是委屈又不是委屈，说不是委屈又像是委屈，酸酸的、涩涩的。父母答应以后再给我另买一双。那时候，几块钱，便不是小钱。不能当年另给我买，甚至也不能第二年便给我买。直到几年后，我上了高中，弟弟脚上那双凉鞋已穿坏了，父母才咬咬牙给我买了一双同样款式颜色的凉鞋。那可真是从牙缝里省出的钱。那个初夏的星期一，我穿着这鞋子上学，感觉当然十分好。我是睡上铺。第二天，被一泡尿胀醒，起身下床，急急地找鞋子。鞋子是睡前脱在床边的。床边没有。趴在地上向床底看去，也没有，心里便大体明白了。而尿已憋不住，赶紧向公厕跑去，光着脚。这一天，我光着脚，上了一天课。下午放学，请假回家，要走十多里石子路。走在这路上，我一直想着怎么向父母解释。虽然光着脚，脚底并不苦，心底很苦。第二天，我穿着刚刚换下的旧布鞋，回到学校。自从我的凉鞋被偷，鞋子稍稍好一点的人，晚上把鞋子也压在头底下了。我们那时候，都不用枕头。枕头是奢侈品。现在，用裤子裹着鞋子，正好当枕头。

我被偷得有点气急败坏了。一天，一个同学洗了自己的尼龙袜，站在上铺往头顶上拉着的绳子上挂。现在，大家晾点小东西，都忧心忡忡了。那天，只有我和这个同学在宿舍。这同学是全校公认的大力士，几个同学一起上也打不过他，所以，没有人会招惹他。他一边仰头举手往绳子上挂袜子，一边又要垂眼扫视整个宿舍，看看是否有人注意到他的袜子，所以，他双手举着，脑袋却是欲昂又垂的状态。这个同学年龄有点大，到了急于找对象的时候。他大概看上哪个女同学了，平时很注意形象。我们这些男伢子，都从不碰梳子的，他却口袋里总有一把木梳，到厨房打饭前，要梳几下；到教室上课前，更要多梳几下。夏天了，大家早不穿袜子了，他却仍穿着尼龙袜，那其实是特意穿给某个女同学看的。他僵着脖子，扫视着时，看见了我，便恶狠狠地说道："哪个要偷我的袜子，我就把他脖子扭断！"这话分明是说给我听的。是在警告我。其实，他担心我会偷他的袜子，也很正常。偷盗事件发生后，全班四五十人，我看人人像贼，人人看我像贼。但我那天却实在感到委屈。我都被偷成这样了，你咋个还怀疑我呢？我的饭票都被偷了，你咋个还怀疑我呢？我的袜子也被偷了，你咋个还怀疑我呢？我的崭新的凉鞋，才穿了一天，就被偷了，你咋个还怀疑我呢？我光着脚走回家，脚底都走出血了，你咋个还怀疑我呢？我的凉鞋丢了，父母很心痛却不忍心说我，你咋个还怀疑我呢？我越想越气，决心要报复他一下。终于，便趁宿舍没其他人时，把他的袜子从绳子上扯下来，塞到了他的褥子底下。很快，这个大力士同学发现袜子果然被偷了。他首先怀疑我。因为那天只有我看见他在晾袜子。其实，这个逻辑并不成立。一双袜子晾在宿舍的空中，是谁都看见的，何况有心做贼的人，贼眼何等敏锐？但那双虽然洗过但仍散发臭味的袜子，确实是经我的手而消失，又不能不说他怀疑得十分精确。他怒目注视着我，提出要对我进行搜查。那时候，我们没有什么法律知识，根本没想到可以拒绝他的无理要求，而又十分惧怕他的拳头，便只得乖乖地任他搜。可藏匿东西的地方很少。一个黄色帆布包，他搜了。他甚至

真　相

还把我的上下几个口袋掏了一遍。最后，他竟然想到掀开我的褥子……没有搜到，他悻悻地罢手，只是又狠狠地看了我一眼。但被他这么一搜，我的嫌疑就超过平均数了。本来，每个人都是嫌疑分子。但既然你特别被怀疑，并且被搜身，那这个贼是你的可能性就更大了。我于是在每个人看我的眼睛里，都看见一双尼龙袜子。每个人都对我格外提防了。我的处境很艰难。平时是一上床便睡着，现在，躺在那里，常常半天不能入梦。我便很后悔干了那件事。但又绝不敢去大力士的褥子底下把那袜子掏出来。这样地痛苦了几天，我又想通了。如果这双袜子被那个真的贼人偷了，我仍然要被特别怀疑，我仍然免不了被搜身，我仍要陷入这样的窘境，那冤屈就更大了。这样一想，就又每天一睡就睡着了。

　　大力士的尼龙袜失窃后，心情最复杂的，还不是我，应该是那个真正在做贼的同学。他肯定意识到宿舍里出了一个他的追随者和竞争者。多了一个偷东西的人，他会更安全些。但是，大家都很穷，资源如此有限，多了一个竞争者，效益就要大减了。再说，半夜里同时起身了咋办？黑暗中头碰头了咋办？你偷到我身上而我又偷到你身上了，咋办？想到这些，他的心情能不复杂吗？

　　没过几天，事情就发生了变化。

学校食堂没有供师生吃饭的地方，都是打了饭回宿舍吃。在我们到食堂打饭的途中，有一个杂物间，有门洞，但没有门，就更谈不上上锁了。杂物间很低矮。平时当然没有人会把头钻进那里。但猫喜欢这样的地方。学校的母猫，在那里生下一窝小猫。学校的一个姓查的老炊事员，老师叫他老查、我们叫他查老，一天进了杂物间，看看猫儿是否母子平安，却在那杂物间的杂物之间，看见了一双泡沫塑料的凉鞋，新新的。学校出了小偷，大家早就知道了。查老看见这凉鞋，也就明白是怎么回事了。学校的猫儿再有能耐，也不可能生下一双凉鞋。一定是有人藏在这里的。查老很机警，没有破坏那现场，并立即向学校领导报告。那时校长不叫校长，叫主任，也就是学校革命委员会主任。学校主任与我们的班主任分析，这个学生偷了凉鞋后藏在这杂物间，是准备在星期六回家时来取。他是在上个星期一的晚上偷了这凉鞋的，但上个星期六他并没有来取，所以凉鞋在杂物间陪伴猫儿一家好几天。第一个星期六没来取，当然是出于谨慎。他想在事情淡下去后再来取这凉鞋，反正放在那里，万无一失。那个地方有谁会去呢？他一定细细评估过风险。但是，智者千虑，必有一失。猴子也有从树上掉下来的时候。他只想到那地方人不会去，却没有想到猫会在那里安家。事发的那个星期六，他没有

真　相

取。这种小心谨慎的精神当然是可嘉的。诸葛亮一生唯谨慎嘛！小心驶得万年船嘛！粗心大意，最容易出事。但有时候，又恰恰是小心谨慎招来灾祸。这个同学，如果在偷了凉鞋的那个星期六就把鞋子取走，那这事还一时败露不了，因为那时候母猫的预产期还没到。校主任、班主任想：这个星期六看他来不来取。我们虽然住校，但学校食堂只供应饭，不供应菜。每个星期六下午最后一节课后，我们必定回家拿咸菜。这个星期六下午，最后一节课还在上着时，学校的主任、班主任，还有发现凉鞋的烧火师傅查老，远远地站在能够看见这杂物间的小树林里，用现在警界行话，叫蹲守。最后一节课上完了，学生们背起书包三三两两地走出校门了。三个人，六只眼睛，紧盯着杂物间的门洞。果然，一个同学背着书包，钻进了杂物间。就在他走出杂物间时，三个蹲守者围了上来……我那时还未离开学校。就在我走出宿舍时，查老提着我的那双凉鞋找我来了。他把情况说了后，就把凉鞋交给我。我得知是谁做了贼后，并没有丝毫惊讶。贼是同一宿舍中的某一人，这我们早知道：每个人都被其他人怀疑过，每个人也都怀疑过其他人。所以，最后无论是谁，都不奇怪。我转身回到宿舍，换下脚上的旧布鞋，穿上失而复得的凉鞋，拿张报纸把布鞋包裹上塞进书包，再出门回家。心里的那个甜蜜，语言是形容不了的。

　　贼，抓住了。于是，所有丢失的东西，都是他偷走的，包括大力士同学的那双尼龙袜。班主任老师一定找这个被抓住的同学谈过，让他交代全部偷盗事实。可以想象，他一定是在羞愧、慌乱中低着头、红着脸，沉默不语。我不知道班主任老师是否特别问过大力士同学的那双尼龙袜。也许根本没有问得这么具体，就把所有丢失的东西，打个包算在他头上。即使特别问到这双尼龙袜，他也一定不敢分辩，说这一双尼龙袜不是他偷的。分辩了也没用。班主任老师不会相信，别的人也不会相信。那么多东西都是你偷的，偏偏这一双尼龙袜不是你偷的，鬼才相信，可见认错态度不好。但我知道，班主任老师问了他为什么总爱偷王彬彬的东西。他的回答是：王彬彬父母都是教师，每月有工资，家里条件好。我听了，心里的滋味，就真是委屈了。说他这个逻辑不成立吧，又还是成立的。我的父母，其时是中学老师，每月加起来有八十多元的工资，与纯粹的农民家庭比，当然要算好的。但是，外公外婆因为只有我母亲这一个孩子，所以一直生活在我家，而又有四个孩子在上学，每一粒米、每一滴油，都要买，其实是十分艰难的。我们班上，父亲当着公社书记的，有好几个，还有同学父亲是供销社主任一类干部，这些人家里实际的经济状况，肯定比我们家好得多。他们平时的吃穿用，都明显好于别的人，包括我。要拣家庭经济条件好的偷，你应该先偷他们呀！哪轮到我首当其偷呢？

这个同学的落网，也洗清了我的嫌疑。老师同学闲谈中会说："还差点冤枉了王彬彬！"我当然一脸无辜。这个同学的偷事败露后，便没有人丢东西了。这事情也就很快过去了。个把月后，要放暑假了。回家前，有的人会把被子叠叠好，放在床头，再把褥子掀起来，盖在被子上。那个大力士同学，便是这样一个比较精细的人。那天，他要回家了。把被子叠好，放在床头。一掀褥子，那双黑色尼龙袜粘贴在褥底，被他压成了黑纸。他惊叫了一声。其他几个同学都围过来了。他十分不解地说："这是么回事呢？"像是在问别人，又像是在问自己。一个一向很聪明的同学马上明白了是怎么回事，说："这肯定是你怕被偷，藏在褥子底下，自己又忘了，还怪别人！"另几个同学立即附和，说："是的是的，肯定是这样！"当然是这样！不是这样还能是怎样！这个逻辑太天衣无缝了，太无懈可击了。大力士一脸迷茫，陷入了深深的回忆和细细的寻思中。我也在边上。我一言未发。

学校当时并没有对这个小偷同学给予任何处分。连追赃也没有。我被偷的饭票、袜子，没有还回来。我也根本没有要求学校追赃，更没有要求学校处分这个同学。这个同学在班上一直是学习成绩比较好的。没多久,高考制度恢复。1978年7月,我们作为应届毕业生参加高考。我们那个农村公社中学,一个班四五十人,文理两科加起来,有五六个人考入大学。这在当时是轰动性的事情。学校的主任,因此被提拔为县教育局副局长。这个曾经偷盗过点东西的同学,考入了一个省的农业大学。毕业后留校。后来成为颇有成就的教授,成为那个省教育界的知名人物。我没有要求处分他。在他的高考成绩公布后,也没有举报他。连这样的念头也不曾有过。回首过往,这是令我欣慰的事情之一。其实,他也就是阶段性地糊涂了一阵,后来再没犯过这样的错误。何况,我也有对不起他的地方。那个大力士同学尼龙袜的丢失,是我的恶作剧,账却算在他的头上。南京人喜欢说,一码归一码。没错!一事一论。即使在其他几件事上,他对不起我,但在这双尼龙袜的事情上,却算是我无意间栽赃于他。

上面的几件事,都是我无意间让别人被误解、遭冤枉。我被误解、遭冤枉的事难道没有吗?有,当然有。这里只说一件很小的事。

偷,是把他人的东西,无理甚至非法地据为己有。这当然是缺德甚至违法的行为。但我一直觉得,与偷相类似的一个字,是蹭。所谓蹭,也是不付出代价而捞取油水、得到好处;也是把他人的东西无偿地

真　相

弄成自己的。蹭在实质上，其实与偷没有什么差别。但蹭却往往不受明确的道德指责，更谈不上受法律的制裁了。字典上对蹭的意思做出了解释。我觉得，我可以做出一个比字典更精确的释义：公开地占有他人的东西，他人却不好意拒绝，叫做蹭。偷，是道德和法律上的冒险，是准备承受道德和法律上的后果的；而蹭则事先不付出丝毫代价，事后更没有任何后果。所以，蹭，有时候是比偷更可鄙、更下作的勾当。但我却有过被认为蹭的经历。

那是1970年代前期，我十多岁时候的事。一个冬日的下午，我从学校回家。一般情形下，外婆应该在家。但这天，我回到家时，外婆不在堂屋。我走到灶间，外婆也不在。但柴灶上的锅盖是半掩着的，锅铲还放在锅中。我有点奇怪。平时，每顿饭后，外婆总把锅碗洗净，锅铲放到木架上，锅盖盖严实。今天怎么啦？揭开锅盖，锅底有米饭，不多，两三碗的样子。我正肚子饿得咕咕叫。于是没有多想，找个碗，拿起锅铲，盛了半碗饭，又从碗柜中找出咸菜，扒拉些到饭上，从灶间的后门走到外面，站在那里狼吞虎咽起来。吃得正香时，一个中年男人也从灶间后门走出来，站定，看着我。我一愣，不知家里怎么走出这么个人。我停住了筷子，也看着他。他盯着我的脸看看，又盯着我的碗看看，看了有好一会，脸上的表情有过几次变化：先是有些惊讶，惊讶过后是痛惜，痛惜之余是鄙视。

表达了鄙视后，他走回了灶间，我听见了锅铲铲饭的声音，知道是他在收拾锅里的饭。过了一会，外婆回来了，我问那饭是怎么回事？那人是哪里来的？原来，我们村边有一片水田，并不属于我们生产队，甚至不属于我们大队，却是离我们村四五里地的一个大队所有。这事，我本来也知道。冬天了，这片水田有些水利上的事情要做，水田所属的那个生产队派了几个劳力来完成这活计。他们中午如果回家吃饭，来回路上要费不少时间。冬天日短，这样一天便不能把活干完。这几个人便带了些米、柴和咸菜过来。我家在村口上，是他们的必经之地，离他们的田也最近，便借我家的锅灶烧顿中饭。我回来时，他们还在田里忙碌，锅里的饭是他们中午剩下的。那个在我面前突然出现的男人，便是他们中负责烧饭的，先回来收拾东西。外婆还没说完，我的双耳便开始发烧，从耳垂开始烧起，迅速烧遍全耳，又烧遍整个脸部。我躲进屋后的小竹林，直到这几个人走了，才回到家中。

我想，走出我的家，那个发现我吃他们饭的男人，就会对另几个人说："刚才，那家的男伢从学校回来后，吃了我们一碗饭。"他一定会说成"一碗"，既然是存心占便宜，那岂有只盛半碗之理？另几个人，也会会心地一笑，这当然是鄙视的笑。他们一定会认为，我之所以公然盛了他们的饭，站在明处吃着，就是知道他们不好意思说什么。在他们心目中，我蹭了他们一碗饭。

这个男人永远不知道，他无意间把一个孩子置于道德的窘境。这个男人，吃完饭就与其他人一起干活去了，而把他们的剩饭留在了我家的锅里。我们那时候，每天饥肠辘辘啊！回家看见锅里有饭，岂能不吃？如果说，我也有理由埋怨这个男人，那就是他应该吃完中饭便把锅里剩饭收拾了。你把你们的饭，剩在我家的锅里，这不是在引诱我吗？慢藏诲盗啊！慢藏也诲蹭啊！

这半碗饭，吃下去快半个世纪了，一直没有消化。

记得生活中这些事情，让我时刻提醒自己：我们遇到的大大小小的事件，真相或许比此刻呈现出的事实要复杂，可能比我们已知的复杂，甚至也可能比我们想象的复杂。生活中的许多细节，是我们根本无法想象的；而在各种各样的事件中，恰恰是那些容易被忽略的细节，更能说明事情的性质。

我甚至很极端地想：没有真相，只有假定。

2021年11月9日初稿

12月8日改定

住院

一

1978年7月，我以应届高中毕业生的身份参加高考。那是恢复高考制度的第二年，是全国统考的第一年。记得志愿可填十所学校：五所重点大学，五所普通大学。此前，读过一些没有封面封底的书，其中一本小说，把厦门大学校园写得好美，于是重点里填了厦门大学。又听说武汉大学校园也很漂亮，重点里又填了武汉大学。此前，目睹过许多恶人欺良压善的事，很想当一个除暴安良的人，重点里又填了西南政法大学。西南政法大学1978级毕业生里，出了好些不同凡响的人物。有的先小心翼翼地混成了手握重权的政要，后可能又一不小心成了严重腐败分子；有的

住　院

则是一言往往惊天、一语常常动地的大学者、大名人。如果当年上了这西南政法大学，那可能与这些人是同班同学了。我自己有怎样的命运，也真难说。人的一生，其实主要被偶然主宰着。

但所有的志愿都无效。先期介入录取的军队技术院校洛阳外语学院（解放军外国语学院），把我录取了。十月初，入学了，被分配在日语专业。便开始以全副身心学日语。到了1980年四五月间，身体严重不适起来。咳嗽，晚上躺在床上咳得地动山摇。盗汗，夜间好容易睡着一会，突然醒来，人像躺在水里，前胸后背都是汗，衣服湿淋淋、湿漉漉的，不像是睡了一个觉，倒像是爬了一座山。学校的医院不能确诊，让我到设在当地的一所军队医院去查。这医院离龙门石窟不远，但离学校很远。换了几次公共汽车才摸到这里。胸部透视，是得了肺结核，病灶很大。又换了几次公共汽车，回到学校。走到校园里那下沉式体育场，想坐一会，整理一下思绪。是上课时间，体育场上没有其他人。我在那看台的台阶上坐下，掏出烟来，点了一支，吸了一口。发现没有什么思绪可整理。我是1962年11月生人，那时还不满十八岁。这个年纪，遇上点小挫折，例如受个处分、失个恋什么的，会心潮剧烈起伏，会情绪严重波动，会吃不下饭、睡不着觉。但遇上更大的打击，心情就木然了。

一个十七八岁的二年级大学生，遇上这样的事，超出了心智的反应能力，心智干脆罢工，不反应了。能不能照常毕业，能不能拿到毕业证书，当然是很大的事。但更大的事，是能不能治好，能不能活下去。但这些事实在想不了。又点燃一支烟，感到确实没啥可想的。用穿着解放鞋的脚尖把烟头揉碎，站起身，习惯性地两手拍拍屁股。其实头天晚上下过雨，那水泥台阶上没什么尘土，屁股上挺干净，没啥可拍的，一如心里很干净，没啥可想的一样。

拍完屁股，便去找领导。很快通知我，必须到武汉军区肺结核专科医院住院治疗。那时候，八大军区，各有一所肺结核专科医院。洛阳外语学院虽然不属于武汉军区管辖，洛阳这地方却是武汉军区辖区，所以，在后勤保障上，洛阳外语学院也由武汉军区负责。那时候的火车，不是说坐就坐的，总要提前些日子买票。肺结核是传染病。既然已经确诊，那就不能再住在原来的宿舍里，哪怕一天也不合适。我向领导提出，上火车前，先在学校医院过渡几天。行李很少，几分钟就收拾好，来到学校医院。护士把我引到离大门很近的一间房间。是长方形的屋子，大概有二十平米。进门左手边有一张床。床垫很厚。过去在家睡的是木板床，上大学睡的也是木板床。这么厚的床垫，生平第一次见到。房间后半部分胡乱堆放着些医

住　院

疗器械，我当然不认识它们。还有一些别的东西。整个房间像是杂物间，是很久没有人进来过的样子。但我丝毫不觉得有啥不妥。第二天，任课的李老师来看我，还买了些蛋糕。一进门，很是惊讶，说："这是产房啊！怎么让你住这里？"我很惊讶于他的惊讶。产房，就是女人生孩子的地方嘛。可是这又有什么关系呢？现在不是没有女人在这里生孩子吗？很快，班上的同学，都知道我住进了学校医院的产房，他们来看我，脸上的表情都很复杂，几个女同学甚至表现得有些激愤，仿佛我受了多大的委屈。我只是微笑着，没有陪同他们对这房间表现出异样的情绪。四十几年过去了，我已是花甲之年，仍然没有想明白他们为何对我住进产房有那样的反应。一间屋子，有女人生孩子，是产房；没有女人生孩子，就不是产房嘛。有女人生过孩子的屋子，怎么就不能住了？我第一次住院，就住的是产房，这是多么好的兆头！这是希望和新生之地啊！

在学校医院那可能迎接过许多新生命的床上住了几天，登上了开往武汉的火车。火车上，遇到学校的一个年轻干部，是一个职能部门的干事，此前在某个场合认识了。他是武汉人，带着孩子回武汉。听我说明了自己的情况后，他先是不吭声，脸上似笑非笑，然后盯着我，平静地说了两个字："完了?!"我之所以在这两个字后面用了问号又用感叹号,是因为他这口气既像是征求我的意见,又像是对我做判决。我把目光从他脸上移开,像把脚从一堆狗屎上移开,也平静地回答道:"完了。"然后便走开。他征求我的意见,是否同意自己"完了",我不好意思不同意;他判决我"完了",我也不便表示异议,所以也只能这样回答。那是六月中上旬,天气很热了。绿皮车的车窗当然开着。突然广播里传出命令,把所有的窗户关上。我很纳闷。听得有人说:"快过桥了。"这才恍然大悟:车过长江大桥时,窗户必须关严。这无疑是怕有人搞破坏。于是,这一刻,一火车关窗户的声音。那时节,男人几乎都抽烟,车内有许多抽烟的人。抽烟的人坐在火车上抽得分外多,车厢里自然烟雾缭绕。还有西瓜、瓜子、面包等各种食物的味道。车窗一关,不但热得人人流汗,复杂而浓烈的气味也熏得人头晕。我猛然剧烈地咳嗽起来。我后来想,从学校医院转往武汉时,校医院真应该给我几只口罩,嘱咐我一路上好好戴着。不过,那时候,我如果在闷热的车厢里戴着口罩,一定比一只猴子进了车厢还让人惊奇。我赶紧双手捂住嘴,想往人少点的地方挤。但那时候的火车里,根本没有人少的地方。想躲进厕所,所有的厕所都永远有人。便在人丛中蹲下来。我一只手掌捂紧嘴,另一只手掌紧压着这一只的手背,下意

住　院

识地想把咳嗽挡回去，但咳嗽像喷涌的火山，像决堤的河水，根本不可阻挡。我蹲着，这阵咳嗽过去了，也没敢站起来。本来以为大桥很快便过完。但过了好长时间，车窗才又能打开，才明白离长江老远就下达了关窗令。感觉到凉快些了，才站起身，回到座位。但一过桥，也就快到站了。

下火车已是下午。而那所专科医院在离武汉市三百多公里的乡下，每天只有上午一班长途汽车到达此地。当天的车早发出了，只得在市内住一晚。第二天，打听到长途汽车站，上了那汽车。车子很老旧，在石子路上开着，拖拉机一般颠簸。大半天后，到了我的目的地。这是一个公社机关所在地。没有什么车站。在路边下车，一抬头，便看见了前面不远处是那医院的大门，有哨兵站岗。在路上奔波了几天，看见那大门，心里一阵轻松，像看见了家门一般。找出学校的介绍信，拎着行李，走到那大门边。哨兵看了介绍信，说："今天是星期日，医院不上班，你明天再来。"我一想，果然是星期日，哨兵说得果然有理。于是便回头找住处。其实也无须找，只有一家招待所，离刚下车的地方十几米，离医院大门几十米。很可能，这所谓招待所就是因这医院而设。否则，那时候一个公社机关所在地，是没有什么招待所的。那天，热得喘不过气。晚上，钻在蚊帐里，汗从每一个毛孔往外冒。这不是盗汗，是明汗；不是睡着了出汗，是汗出得睡不着；不是只有前胸后背在出汗，是从头到脚都在出汗。于是走出招待所，在外面找一处地方坐下，一边拍打着身上的蚊子，一边抽着烟，等待星期一的天亮。

二

入院手续办得还算顺利。午饭前便住进了病房。病房在一座三层建筑的二楼，二十平米左右，有四张床，并不算拥挤。病房的后门外是阳台。各病房的阳台是连通着的，所以实际是一条走廊。我住进去时，病房里还空着两张床：后门两边的两张床上有人，前门两侧的床空着。我被安置在进门左手的床上。虽然是部队医院，也接收地方就诊者。因此，住院的人中，也有地方上的人。但我那间病房的两个病友，却都是从部队来的。右边床上的那位，姓郭，个头很矮小，黑黑瘦瘦的，家离医院不太远；左边床上那位，姓张，白白高高的，很帅气，家离医院很远。他们军龄比我长，年龄比我大，叫我小王，我则叫他们老郭、老张。

住下来，管床医生便来查问病情。管床医生是位

住　院

女士，四十来岁的样子，姓徐。徐医生戴着口罩，不能看全她的面容，但眉眼是清秀的，身材是清瘦的，说话也轻声细语。她手里拿着那种医生查房时常拿的文件夹，就是一块木板，上端有个铁夹子，夹着几页有表格的纸。徐医生边问边在纸上记点什么。我如实地回答了徐医生的提问，没有问她我这病能不能治好。问完话，她通知我第二天上午到透视室透视。第二天上午，我到了透视室。负责透视的医生姓白，是主任医生。与我一同透视的，还有几位病友。我是初诊，他们是例行的复查。他们告诉我，白主任是云南人，是"1949年以前医科大学毕业生"，水平很高，是医院里的权威人士，很受人尊敬。白主任为我透视后，说我左上肺一二肋间有两个空洞，都有两分钱的硬币那么大，连在一起，像个阿拉伯字母的"8"。已经有空洞了，而且是两个，而且那么大，这就比原来以为的还要严重。我没有问白主任这病能不能治好。白主任也没有明确说我这病能不能治好。

接着就开始了治疗。那时候，治疗肺结核其实早有了特效药。一般情形下是两种药同时用。一种叫异烟肼，通常叫做雷米封，是白色的小药片，绿豆那般大小。另一种，是绛红色的药片，有衬衫上的纽扣那般大，我现在忘记了名字，这药也应该早就淘汰了。住进病房后，不但与老郭、老张这两个同病室的病友认识了，也很快与其他一些病友有了聊天关系。晚饭后，病友们总是结伴外出散步，有时走得很远。肺结核是慢性病，治疗时间长。在这里住院，以三个月为一疗程。但住到三个月便出院的情形很少，大多数人，都要住半年以上。所以，老张、张郭这些老病号，有的在这里住了半年一年，甚至更久，对医院的情形很了解。久病成良医，这句话多少有些道理。在这里住久了，对常用的药物也能略懂一二。病友们告诉我，雷米封是主药，算特效药；而那绛红色的药片，是辅助性的，并且副作用比较大。每天三次，护士与那放着许多药杯的小车来到病房。那小车，护士有时款款地推着，有时轻轻地拉着。药杯是搪瓷的，酒杯那般大，也是白色。护士把每个人的药杯放在每个人的床头柜上，过一会，再来收回。我的药杯里，总是红白两种药片。医生们不说什么乐观的话，也不说什么悲观的话，只是叮嘱要听医生的话。我住下不久，一次医生们集体查房时，白主任在我们病房说了这样一番话："治病，为什么要几种药同时用，是因为只有这样才能杀死病菌。你们千万不要擅自减少药量。减少药量，不但不能消灭病菌，反而培养了病菌的抗药能力，再恢复原来的药量，也杀不死它了。那就很麻烦了。就像用两个拳头同时打人，能把人打败。你只用一个拳头打，不但打不败对方，还让对方产生了抗打击能力，再用两只拳头也打不败他了。"在说这番话时，白主任先把两手在胸前握成拳头，又把右拳放下，松散成五指，然后再把右手握成拳，两拳在胸前比画了几下。白主任的这番教诲，一下子让我明白了药物与疾病之间关系的微妙。从此，我严格按照医生的嘱咐吃药。不但在这里住院时是这样，在后来的就医过程中都这样。在此后的四十多年中，每当遇上那种对药物的副作用过于担忧的人，我都会对白主任的话来一次鹦鹉学舌。

确实并非有了特效药，就所有病人都能康复。因没有坚持规范化服药而导致病情不可收拾，例子并不少。住在这专科医院的病人，有的就并没有病愈出院的希望。有一位地方上来的姑娘，年龄与我相仿，神态衣着都有几分村姑气，住在另一幢楼。每天晚饭后，她便在病区大门边，手肘搭着栏杆，长久地站立着。我们饭后三五成群地外出散步，从她身边走过，她一动不动地站着，脸上没有什么表情。两眼在看着什么，或者什么也没有看。一个小时，甚至几个小时后，我们回来，她仍然站在原地。薄暮中，夜色里，似乎在看着什么，又好像什么也没看。病友们告诉我，这姑娘就属于病情十分麻烦者。在此前的治疗过程中，用药不合理，现在则任何药物都没有治愈的效力。病友们转述医生的话，说她两边的肺被病菌侵蚀得像渔网一样。很明显，现在的治疗，只是一定程度上控制病菌的肆虐，而不能真正阻止病情的恶化。病情本来每天前进一米，现在的治疗，让病情每天进展半米。但毕竟在进展着，总有一天，会进展到那个终点。有几次，当我一个人从这姑娘身边走过，我很想与她打声招呼，很想与她聊点什么。但那时太年轻，脸皮太嫩、太薄，终于没敢开口。有一次，我顺着她的目光向前看去，视线在百米远处的几间青砖平房上碰出一声响。那几间平房，孤零零地立在医院的东北角，周边是野地。那是医院的太平间。这姑娘莫非每天在看着这里？如果她家里有能力让她在医院住到最后，这几间平房，确实是她会去的地方。

住进病房不久，一天，我站在阳台上，东张西望。阳台下面是一片空地，半个篮球场那么大。空地那边，是我们的食堂。空地上长着草。是那种自然生长的野草。目光从东往西移，阳台西边有四个人正在打扑克。病房里有几张杌子凳，每人还配有一只马扎。他们用一张杌子当牌桌，四个人坐在马扎上摸牌出牌。眼光朝阳台下看，便发现他们下方的地上，有一片草，与周边的草明显不一样，让人觉得不是同一种东西。这一小片草，比周边的草高出一些，更比周边的草茂密许多，油黑肥硕许多，像是一个刚剃了的头却留下一撮未剪。回身问老张、老郭是咋回事，他

住　院

们笑着说："那地方，有人每天施肥呢！"原来，东边的那间病房里，住着一个特殊的病人，姓刘，也是部队来的。老刘在这里住了很久。至于有多久，病人中谁也不知道。总之是比任何人都久。他送走了许多出院的人，又迎来了许多入院的人。本人何时出院，这谁也不知道。原因是，老刘的肺结核老早老早就好了，好得没有一点问题了，但一条右腿却在住院后残了。不是一般的残，是萎缩成了麻秆。老张老郭说，老刘住院时，治疗方式与今天有些不同。那时，病人每天要注射链霉素，是在屁股上打。后来，肺病好了，但右腿却废了。那时，很少用"残疾"这个词。老张老郭说，老刘虽然肺部没病了，却成了"残废"。这事当然与医院有关系。老刘便不肯出院，医院自然不能撵他。但既然是住在病房的病员，便必须接受常规治疗。所以，护士送药时，也给他送一份。老刘的病床在阳台边。他总是在护士走后，扶着门框挨到阳台上，把药往阳台下面一倒。天天这样往草地上倒几次，那草就出落得非同寻常了。这事，医院当然知道，但装作不知道。听了老张老郭的介绍，我问："谁是老刘啊？"老郭走到阳台上，用目光指示着那四个打牌的人，说："靠栏杆坐着的就是老刘。"我看过去，老刘是一张长形的脸，头发乌黑，胖胖的样子，脸上在笑着，便可以看见上边牙齿里，有一颗金牙，在左边。

老刘病房下的那丛草，加深了我对化肥的认识。我便有些留意老刘。老刘没有用上拐杖，当然更谈不上轮椅。他只能扶着门框，撑着杌子，把身体从病房挪到阳台上。如果不到他的病房，便只能在阳台上看见他。他总是在邀人打牌，与同室病友打，或与邻室病友打。他永远在笑着，笑得露出白白的牙齿，白白的牙齿中夹着一颗金牙。与人打牌时在笑着，一个人坐在那里时，也在笑着。打牌，难免会有些争执，难免会吵闹起来，但从未见老刘与人争执、吵闹。别人吵起来了，闹起来了，他仍然静静地笑着，不言不语。我那时以为，老刘是一个生性乐观平和的人。很多年以后，又一次想起老刘的笑，才突然明白了原由。老刘的日常生活极大地依赖着同室病友。吃饭，要病友带回来。上厕所、上淋浴室，都要病友搀扶。这样，他就必须每天对别人笑着。他没有对别人不笑的资格。他必须时时刻刻对病友表示出最大的友善。他以感谢的笑，送走了许多帮助过他的人；又以讨好的笑，欢迎过许多新来的人。久而久之，笑就固定在脸上了。

住　院

三

我们这层楼的最东头，有几间特别的病房，住着几个特别的病人。右边的那一间，算是高干病房。普通病房是长方形，这高干病房接近于正方形，也有二十来平方，但只有一张双人床，有单独的卫生间和浴室。里面住着的，是一个步兵学校的领导，姓翟，人们都叫他翟主任。翟主任五十来岁，是副师职干部。这所医院是正团级单位，院长政委也就正团职，翟主任比医院最高领导级别还高，当然受到医护人员的特别尊敬。一般的病员，都是部队的士兵，副师职在他们眼里是高得踮起脚尖也够不着的级别了，所以，他们对翟主任是敬而远之。翟主任对门的那一间，只有两张病床。部队来的连营级病员可住这样的双人间。我入院时，里面住着两个地方上的病员，都是新闻界人士。一位姓李，是省里某大报的编辑，我们都叫他李编辑。另一位姓唐，是省城某大报的记者，我们都叫他唐记者。李编辑年长一点，也五十上下；唐记者只有四十来岁。翟主任和李编辑、唐记者住对门，又都是特殊人物，晚饭后常一起散步。我虽然是普通病房的病员，但因为是外语学院的学员，翟主任等对我表示出特别的亲切，常招呼我与他们一起走走。散步回来，翟主任有时又邀请我到他房间坐坐，我自然很乐意。翟主任抽烟，但很节制，一支烟要分几次抽，抽几口便塞入一个笔套一样的东西里，灭掉。过一会又点燃。我也抽烟。翟主任也知道我抽烟。但我们对面坐着，他抽烟从不问我抽否。我在他房间也从不抽烟，尽管他夹着烟与我聊天时，我也很想点上一支。翟主任常常问我病员们的日常表现、思想状态。我以为是长期当领导者习惯性地随便问问，也就知无不言、言无不尽。

后来，我回味与翟主任的接触，觉得自己当时是有点受宠若惊的。翟主任这样的人对我表示出分外的亲切，我很珍惜这亲切。不在他房间抽烟，也是刻意要表现出谦卑。有一天，翟主任说他也想学习日语，问我什么教材比较好，我立即把自己从学校带来的一套教材送给了他。我们在学校时，用的是本校老师自编的教材，那是学校发的。有一阵，北京的几个同学经常说北京某外语学院编的一套日语教材多么多么好，他们有人手里有，是蓝色的封面，上下两册，定价六元。我便很想有一套。但六元钱不是小数目。我们那时每月的津贴也就六元，很难以节省津贴的方式买来这套书，只能向父母伸手。我知道，家里经济十分困难，四个孩子都在上学，父亲每月要向同事、朋

住　院

友借债。但我实在想要这套书，便写信向家中说明了情况，父母马上寄来了六元钱，我便托北京的同学买到这套书。在学校时，我把这套书放在床头柜里，一直没有用过。离校来住院，我特意带上，打算住院期间好好学习一遍。翟主任要我推荐教材，我便回到自己病房，找出这一套还是崭新的书，到了翟主任房间，双手送上去。我虽然口头上说是送给他，但内心是希望他付钱的，也以为他一定会付钱。六元钱，对于我，是父母借的债；对于他这样一个副师职干部，则不算什么。翟主任拿起书，随意地翻着，嘴里与我说着话。我嘴里应着他的话，眼睛盯着他翻书的手，希望他最终翻到下册的封底，看明了定价，然后便把钱给了我。但翟主任的眼睛根本不往封底看，不往上册的封底看，也不往下册的封底看。实际上，他只翻了翻上册就放下了，根本没有拿起下册。我自然无由开口要钱。那时脸皮很嫩很薄，开不了这样的口。就是现在，脸皮老了很多、厚了很多，也还开不了这样的口。

　　我们同室的老张，在家里有了对象。一天，对象来看他了，住在那我住过的招待所。那对象住了几天回去了。对象在这里的几天，老张天天去陪她。与老郭聊天时，老张透露，还与对象睡在了一起，语气里有点炫耀的意思。对象走了，老张委顿了许多，晚上在床上翻来覆去的,间或还发出叹息。我以为是对象走了,他思念难耐。然而,突然护士每天给他多送一种药,熬好的中药,用一个搪瓷的杯子盛着,每次半杯。我有些好奇,但也没有问。老张主动解释,说自己吃治肺结核的药,副作用太大,用中药调理一下。我也就信了。又过了几天,管床的徐医生来找老张。徐医生背着手,站在我的床前,没有走到老张跟前去。老张坐在自己床前的马扎上。徐医生说,老张的肺病,已经治到了可以出院的程度。老张忽然就哭了,右手手掌下意识地指点着自己的裆部,说:"你如果有这样的病,痛不痛苦?"徐医生隔着口罩,说:"我如果有病,一定听医生的话。"老张没再说什么,只是啜泣着。徐医生看了他一会,转身走了。我和老郭都听明白了,徐医生在委婉地催老张出院,而老张不愿意。徐医生走后,老张用刚才指着裤裆的手抹了一下眼睛,说:"老子要知道是谁告的密,非弄死他不可!"说得恶狠狠的,同时斜睨了我一眼。这话像是说给我听的,但我却实在不懂是什么意思。晚饭后,我把老郭约出去散步,问他老张那话是说谁。老郭说,老张与对象发生关系的事,翟主任知道了;翟主任于是找医院领导谈话,说这样的事情医院必须管,不能听之任之。老郭还想说什么,但刚张嘴又咽回去了。我与老郭继续走着,都没有说话。

住　院

　　这事情还真有点复杂，我是后来才想明白的。老张与对象在那招待所的床上发生关系，却发现做不成事，于是认为自己生理有问题；住院期间，有了其他病，是可以同时治疗的。老张便要求同时治疗他的生理上的病，这样便有了每天的中药汤剂。老张在向医院说明自己的生理病情时，自然瞒住了与对象发生关系的一节，医院也没有追究老张何以知道自己生理有病。翟主任与医院领导谈话后，医院才让管床医生动员老张出院。那翟主任是如何知道老张与对象发生关系的呢？那的确是我说的。几天前，我又在翟主任房间与他闲聊，他又问起病员们的表现，我便随口说了老张的事。我并没有想到这事会受到追究。既然老张自己都在病房里炫耀了，想来不算什么事。我如果要告密，干吗向翟主任告，直接向科室领导告岂不更好。翟主任级别再高，也是个病人嘛！我没有想到他以病人之身还操心医院对病人的教育、管理。但既然翟主任找医院领导谈话，那从我这里获得情报的可能性最大。老张怀疑得十分有理。老张猜测得十分准确。

　　但好在医院并没有强行要求老张出院。老张仍然在这里住着，那中药汤剂仍然每天有护士送来。我后来换了病房，不知老张何时出院的。在后来的岁月里，我想起那段住院的日子就想起老张，想起老张就满心愧疚。我当时很想对他解释：我真的不是存心告密！你与哪个女人发生关系，关我什么事啊！但终于觉得难以解释。我后来觉得，老张那生理问题，其实应该是心理问题，吃那中药最多起点心理作用。我不知道老张的这个问题后来是否仍然是一个问题。我多么希望那问题后来根本不是个问题。

翟主任的病本来就不重，不久也出院了。他是应该单位有专车来接的，不用又是汽车又是火车地颠簸。翟主任出院时没有与我告别。那套日语教材当然被他带回去了。回家后，再无音信。后来，我对在这所医院与这位翟姓男子的接触，有过自省与反思。我觉得，当他向我了解病员情况时，我多少有一种受到重视的喜悦，才把自己知道的事情都对他讲。与他并肩散步，到他房间聊天，都是其他病员不能够的，都显示了比其他病员的优越。双手送上父母借债为我买的书，也有讨好的意思。他不愿意付那六元钱书款，也并非生性吝啬。所谓学日语，无非随便说说，我却当真了。并不真需要那教材，我送上了，又不好拒绝，但掏出六元钱又心有不甘，就干脆不提钱的事。我喜欢这个人吗？并不喜欢！我与他有共同语言吗？当然没有。可我却乐意与他散步，乐意陪他聊天，乐意在他眼里显得有用。这表现了什么？只能说，这可能表现了一种人性中与生俱来的"下贱"。

住　院

很可能，每个人身上都有这种与生俱来的"下贱"。有人强烈些，有人微弱些。有人意识到自己身上的"下贱"并努力克服它，有人则把"下贱"作为一种资源、一种武器，凭借它获取大名大利。

在后来的岁月里，我一直与自己身上的"下贱"斗争着。这是一种艰难的战斗。

四

我离开学校时，是带着课本、词典一类日语学习用品的。入院后，坚持自学。每天上午，都拿着教材，走到医院外边，在树林里、田埂上，边走边大声地朗诵课文。一天，我正在一条林间路上走着、念着时，一位挑着担子的中年男子走过来，在我面前停下，问道："你念的是日语啊？"我一愣。把他从头到脚看了一遍，发现这个人从头到脚都是一个农民。"您懂日语啊？"我问道。他不回答，笑一笑，挑着担子走了。我盯着他的背影，想：这个人有些来历。

管床的徐医生，每天上午都到病房转一转。一天，她例行地问完话后，对我说，有一位孙护士，是另一个病区的，想跟我学日语，问我是否同意。我当然同意。第二天下午，孙护士来了，拎着一块小黑板，带着粉笔，自备了教材。孙护士高挑的身材，像工作时一样戴着口罩。孙护士没有说她另找了学习的地方，我便只能在病房里教学。两人坐在马扎上，小黑板靠着机子的腿放在两人中间的地上，便开始了。当然从五十音图学起。学校的老师当时怎么教我们，我就怎么教她。我把五十音图写在黑板上，便教她读。我读一声，她读一声。一个病人在病房正儿八经地教一个护士学外语，让病友们很好奇。同病室的老张、老郭，我多么希望他们回避一下。孙护士一来，你们就外出玩会不好吗？可他们却非常不自觉。本来打算出去的，孙护士来了，却不走了。其他病室的人，也在门前走来走去，走过我们病室，总要扭头向里看一眼。这个教学环境太不好了。师生二人都感到有些别扭，有几分尴尬。终于进行不下去。五十音图还没有教完，孙护士便不来了。但我的教师角色，却是从这病房里开始的。在此之前，我只当学生，从没有当过老师。在那乡间医院的病房里，手把手地教孙护士学习日语，是我第一次当老师。孙护士是我的第一个学生。尽管孙护士从未摘下过口罩，我也不知这第一个学生的真面目。

我第一次听学术讲座，也是在这医院里。一天晚上，医院请来了一位东京大学的毕业生，给全体病员做讲座。我在学校的时候，"学术讲座"这四个字，

住　院

听都没听说过。现在医院请地方上的人来讲座，我比所有人都兴奋。这个讲座的男士，当时六十多岁的样子，家在附近乡下，已经当了几十年农民，当然是一副农民模样。他坐在那里，上身穿着一件黑呢制服，很旧了，胸前、肩上，像布着蜘蛛网，仔细一看，才知道那是露出的白色的底子。那天的讲座，好像没有一个主题。这位先生在东京帝国大学学的是什么专业，我也没弄明白。总之是讲得语无伦次。我只记住了一句话。他说："比如，邀请人出去玩，日语是这样说。"于是用日语说了一遍。我当时的日语水平，完全能听懂，也能够听出他发音的生硬。他并不是来讲日语的，为何突然教授起了日语，我当时也很困惑。后来，我想清楚了。当时，医院方面也没有明确要求他讲什么。听说附近乡下有一个东京大学的毕业生，便把他请来给病员讲一讲。他想讲什么就讲什么。而他，几十年间在田地间劳作，受着歧视与管束，忽然有部队单位恭恭敬敬地请他讲课，那惊讶，那激动，是不难想象的。穿上了最好的衣服，慌慌张张地来了。其实，他啥也讲不了。不管他在东京大学学的是什么专业，这专业已在几十年间同汗水一起流淌出来，渗入了泥土。就连日语，恐怕也说不上几句完整的话了。大概他当初是经常邀人出去玩的，所以"出去玩吧"的发音还能记住。这样的人，在这样的地方，东拉西扯、不知所云地讲着，是一件稀奇的事情，但却是特别能够体现时代特色的事。这是1980年的事情，是"80年代"开端时候的事情。在此后的岁月里，我当然听过许多讲座，但没有一次讲座，像这第一次那样，让我想起来就感到温暖，让我想起来就有些感动。

在东头那个两人间里住着的李编辑，早出院了，唐记者一个人住着。一天，科室通知我，可搬入那两人间。这对我是特别的照顾了。那时候，李谷一是最受欢迎的歌星。一首《过去的事情不再想》正流行着。我也常用破锣般的嗓子，在病房里唱着："过去的事情不再想，弹起吉他把歌儿唱。风中的迷茫，雨中的彷徨，今天要把它，把它遗忘……"一天，老唐静静地等我唱完，然后半认真半玩笑地说："以后别唱了，不然别人以为你失恋了。"男愁唱、女愁浪。愁是肯定有，失恋是真没有。不过，与失恋多少有那么一点相似的情绪，也可以说有过。病友中有一位排长，一米八几的个头，真可谓堂堂一表，帅极了。那时候，部队里排长以上的干部才发皮鞋。他是排长，外出散步，我们是一水的解放鞋，他则穿着黑色的皮鞋，弄得每次散步，都像他带领我们执行任务。这位排长，浑身上下都让人看着舒服，脸上也总微笑着。忽然有一天，听说排长与刘护士恋爱了，我先是一

住　院

惊，立即便觉得十分合情合理。这两人真是太般配了。刘护士每天在我们面前出现几次，个头也有一米七以上。虽然戴着口罩，眉眼是迷人的。我因为来自学校，是学外语的大学生，医护人员对我都格外友善些，刘护士也是这样。但刘护士的友善，却又特别让我感到甜蜜。想入非非还谈不上。我没有想过在那里谈恋爱。我的病情比较严重，应该没有哪个护士会中意我。这点自知之明我还有。尽管我并没有痴心妄想，听说刘护士与同是病员的排长恋爱了，我还是在一瞬间，心里有点酸酸的。但很快消失，代之的是欣喜和祝福。排长与刘护士相恋，与那个东京大学毕业生来做讲座一样，是这段住院记忆中特别美好的部分。

　　唐记者也在我搬来不久后出院了。此后，直到出院，两人间里都只有我一人住。因为成了单人间，医生护士有时在例行的工作之外，还与我谈几句别的。一位年轻的王护士，高高胖胖的，家在武汉，丈夫是武汉大学哲学专业的老师或学生。王护士来病房，做完发药、量体温一类事情，有时会把口罩摘下，与我聊会天，这时候就没拿我当病人了。有时候，没有工作上的事，也进来聊几句，自然是一进门就摘下口罩。那时候，男性还没有在外人面前称自己妻子为"太太"的习惯，女性也还没有开口闭口"我先生"。

王护士应该是称自己的丈夫为"我爱人"。记得有一次，王护士说她爱人常与一班学术界朋友讨论国家大事，有时谈着谈着就吵起来了，有人站到椅子上了，有人站到桌子上了。王护士也说得眉飞色舞。说完这一段，王护士要去工作了。临出门，看见我白色的床单上有一丝蓝色的绒线，便用左手的拇指和食指轻轻捏起，扔在地上。这个细节我一直记着，想起来心里就有些暖意。别误会！对王护士我更不敢有非分之想。人家是有夫之妇，而且丈夫那么优秀。

我是天大热时住进去的。渐渐地，天凉了，天冷了，要过年了。那年的年，是在医院过的。过完年，我便要求出院。医生说，从治疗的需要上看，我还应该住一段时间；但我既然要求出院，那就回去后至少继续服药三个月。病房里，每层楼有一台电视，安在过道最西头，病员们坐在马扎上看。我办理出院手续期间，电视里出现了"四人帮"受审的画面。

2022年2月5日初稿
3月2日改定

霹雳一声高考

恢复高考的消息如一声惊雷，炸响在1977年10月21日。这一天，以《人民日报》为首的几家大报，都宣布了这一国家决策，而且明确宣告，各省在年底前都必须举行本年度的高考。这就不是干打雷、不下雨了。雷声同时宣告了准确的雨讯。

那几年，晴天响霹雳的事儿不稀奇。此前的那一年，响过几响。但饶是如此，这一声雷响还是把许多人炸得晕头转向。那原因，就是这事儿，直观地立竿见影地关乎许多人的命运。年底进行高考，那是眼前的事儿。而如果考上了，过了年就能去城里上大学了。一个终日在田间劳作的人，顿一顿双脚、拍拍身上的灰土，在考场里考几次，就可能进入大学的校园，毕业后就是吃国家饭的人，就是拿着不菲的工资的国家干部，这不是做梦才有的事吗？短暂的惊慌失措后，大家都冷静下来，各人根据自己的实情应对这一剧变。

前些年，高考制度恢复四十周年的时候，不少人写了文章，纪念这一伟大事件。写文章者，都是1977年和1978年参加高考、进入大学校园者。他们回首往事，一个个满怀深情。他们的文章，还有一个共同处，就是都把高考制度的恢复说成是普天同庆、人人为之欢欣鼓舞的事情。这就未免失之于天真了。高考制度的恢复，便是此前实行了近十年的推荐上大学制度的废止。这意味着上大学权利的重新分配，怎么会让每一个人都欣喜呢？在一些人欣喜若狂的同时，也有些人在向隅而泣，在发出恶毒的诅咒。这有什么奇怪呢？本来，在农村，上大学的名额每年分到公社，谁得到这名额由公社说了算。而有些人，是注定要上大学的，是等着到合适的时候便上大学的，现在，让他们与那些过去连上大学的梦都不敢做的人，一起到考场竞争，他们又怎能不哭泣、不诅咒呢？

前些年，我也有过写篇文章纪念高考恢复的念头，但一直没有动笔。但我实在应该为这件事写篇文章。1977年，恢复高考的第一年，我不是应届高中毕业生，本没有参加考试的资格。但因为特殊的原因，也参加了这历史性的考试。1978年夏，我以应届高中毕业生的身份参加了高考。1977年的高考,是各省自定具体时间,总之是年底前必须完成。当然也由各省自行命题。1978年才是全国统一考试的开始。从我个人来说,不写篇文章纪念那伟大的事件,实在对不起那个伟大的时代。

我的家庭,在农村很有点特殊性。我的父亲,20世纪50年代的时候,想参军、想上大学,都因为家庭出身而不成,只上了个初级师范。父母是师范的同学,从师范学校出来后,都当了小学教师。父亲在那初级师范,其实只学了一年多。因为在1957年,原来中小学的一些老师,失去了继续教书的资格,各学校急需站讲台的人,便从在读师范生中选取一些人,让他们提前毕业,赶到各学校填空。我上小学前,父母先在农村大队小学教书,70年代初,都调入公社的初中。我算地地道道的农村孩子,但是,因为父母是城镇户口,所以,我们这些孩子也是城镇户口。同城市人一样,我们吃的是商品粮,每月从粮站买取配给的粮油。所以,又算是农村里的城镇人。我从小觉得自己的身份很暧昧。家庭出身,按规定是追溯到前三代。祖父的政治身份是可以影响到我的。我的一个堂兄,是父亲长兄的儿子,与我同一年小学毕业,就没有资格进入中学,是受了祖父的影响。但我与他同一个祖父,我却能上中学,因为我的父母是"人民教师"，是"国家干部"。祖父的血，流到父亲身上时，被"人民""国家"稀释了一点，流到我身上，就没有堂兄弟那么浓了。但我从小就知道，即使祖父的血，经过父亲而流到我这里时淡了一些，遇上重要问题时，仍然会凝固成不可逾越的阻碍，挡住我的去路。还是在七八岁时，父母，还有我和弟弟，一起走在田埂上。父母在前，弟弟走在父母后边，我走在最后。走着走着，弟弟忽然说："我以后要当解放军！"说得毫不含糊。我用鼻孔冷笑了一声。父母没有回头，但弟弟的豪言和我的冷笑都听在了耳里。后来母亲告诉我，我那天的冷笑，刀子一般割着她和父亲的心。

身份暧昧的更突出表现，是身在农村，却要像城市孩子一样"上山下乡"。当时，农村有两类"知识青年"，一类叫"回乡知青"，一类叫"下乡知青"。现在的学生，研究所谓"知青文学"时，往往弄不明白二者的差别，我每每要向他们解释半天。所谓"回乡知青"，是本来就是农村人，父母都是农民，户口也一直在农村，上过中学（初中或高中）后，又像父母一样当起农民。其实，"回乡"的说法十分荒谬，他们从来没有离开过"乡"，有什么"回"不"回"的？至于"下乡知青"，就是城里孩子在"上山下乡"运动中下到乡下，成了农民。"下乡知青"的说法，一般是准确的，但也不绝对准确，遇到像我这样的人,"下乡"二字就也荒谬起来。我是城镇户口,像那些北京、上海的孩子一样,所以,我初中或高中毕业后,必须"下乡"。但本来就在乡下,天天在山野间、在泥水里摸爬滚打,"下乡"二字,极为不通。当然,当了"下乡知青",要把城镇户口变为农村户口。理论上,把户口转到父亲老家的那个生产队,也是可以的。果真这样,勉强可叫"回乡知青",也不能称作"下乡知青"。荒谬处还不止于此。按当时的政策,城市人家,独生子女不下乡,几个孩子中可有一个不下乡,留在父母身边。不下乡,就要由国家分配工作,当然是安排当个工人。我们家四个孩子,最小的是妹妹。当然是妹妹不下乡。如果那个时代继续下去,如果历史不发生转折,那妹妹高中毕业后便要由国家安排当工人。要当工人,起码要到县城。县城离父母任教的公社几百里,我们都没有去过。我们这些当哥哥的,是以"上山下乡"的名义,继续留在了父母身边;妹妹则以"留在父母身边"的名义,离乡背井了。

那时候,在县和公社之间,还有一级行政机构,叫"区"。一个区,管着若干个公社。我上高中前,每个区的中学有高中班,每年招一个班,四五十个学生。我是1976年上高中的。那一年开始,县里在区以下再设几个高中班,大抵两三个公社有一个高中班,设在中心地区的公社中学。我是在一个公社中学上的高中。这时候，我的父母，开始日夜为孩子的人生焦虑愁苦着。我下面还有一个弟弟。弟弟这时也进入了初中。三个男孩高中毕业都要"上山下乡"，这确定无疑。我们那里的"下乡知青"，本来是直接下到生产队。1972年，发生了"李庆霖事件"。应该是这次事件后，"下乡知青"都由大队集中管理。知青下乡，是要在田地里"炼一颗红心"，是要接受贫下中农的再教育。但人民公社是以生产队为基本核算单位，大队没有自己直接支配的田地。我们那里是丘陵地区，每个大队都有些山地，也就是那种短松冈而已。为安置下乡知青，一时间各个大队都成立了林场。全大队的下乡知青都成了大队林场的员工。大队选择一个贫下中农当场长，代表全大队贫下中农对下乡知青进行"再教育"。场长带领知青开荒种些庄稼。我们三个男孩子，高中毕业，无非是进入附近某个大队的林场开荒种地。我上高中时，我的哥哥已经从区中学高中班毕业。父母把他安置在了我们老家相邻的大队林场。这也是仔细权衡后的决定。这个大队的书记，与我们那个家族，有点亲戚关系，用我们那里的土话，有挂角亲，用文雅的话说，则是葭莩亲。

父母最担心的是我。高中只有二年，眨眼间便过去。因此，我一进入高中，父母几乎是日夜为我的去处而操心。我经常听见他们在小声议论，到底把我送到哪里好些。我的问题之所以特别让父母忧愁，是因为在几个孩子中，我的性情最顽劣。父母认为，依我的脾气，到了大队林场，一定不能与大队领导搞好关系，一定会与他们发生冲突，那结果，当然是一定会被整得死去活来。那个有点挂角亲的大队书记，已经碍于亲戚情面接受了哥哥，总不能再把我往那里送。挂角亲，本就拐了几道弯，细如蛛丝、薄如蝉翼，哪能让兄弟两人都吊在上面。这时候，父亲打起了几个同学的主意。父亲小学毕业后，在县里的中学读过一阵子。上县中，要交学费和伙食费，家里已经穷得甚至根本不需要锅，便改考进邻县的师范学校。师范学校不交学费，伙食也由国家供给。从小学到县中，再到师范学校，都有些同学。平日里父亲不提学生时代的事情。偶尔喝了点酒，会说一点。从小学到中学到师范，父亲都是好学生，在县中时还当班长。学生时代，父亲还是篮球爱好者，据他自己说，打得十分好。在小学和县中时情形如何，我没有求证过。他说自己成绩如何好，不排除有酒后吹牛的可能。但在师范学校时，成绩肯定是好的，不然怎么才学了一年便被选中为救火队员，到乡村学校去填那讲台上的空缺？父亲进入师范学校，是不得已之举。在县中时，本来报名参军，都体检了，身体绝对合格，但最终因为家庭出身被刷掉。又想考大学，也因为同样情况不成。到了 70 年代，他的那些同学，有些人当了中学校长；有些本来也当教师的人，后来弃教从政，在区里或公社里当干部。父亲在师范时的一个同学，这时在一个公社当书记。父母左思量、右思量，决定把我送到那个公社去"下乡"。所以，我刚上高中，就知道了自己将来要到哪里，而且是一辈子要在哪里。那时候，每年有几个推荐上大学的名额分到公社。那名额，如龙肝凤髓，怎么可能落到一个教师的家庭。下乡知青，理论上也是可以上调的，即又上升到城里当工人，也是每年有几个名额，分到公社，但哪里是我这样的人可以想望的。所以，上了高中，我就做好了一辈子当个农民的准备：到了一定的岁数，找个农村姑娘，结个婚，生几个孩子，每年养头猪，养些鸡，像每一个农民一样，苦挨着度日。

但父母总不甘心孩子们一辈子就当农民，总希望我们能不终日在田地里劳作。当不了兵，上不上大学，也难以上调当工人，能在农村学校当个民办教师，也比纯粹当农民强些。或者，在公社的某个单位，找个临时工性质的工作，也能每月有几十块钱的固定工资。但这也谈何容易？有那么多回乡知青和下乡知青都在打着这种主意，都在各显神通要得到这些位置。我们那里有一句土话："蛇有蛇路，鳖有鳖路。"意思是各人有各人的门路。有时候，一件大好事，例如，上大学的名额，落到某个人头上，让大家大吃一惊，因为谁也想不到这个人会摊上这等好事。但是，一定不是偶然的，一定不是没有原因的。背地里，人家搭上怎样的关系，又付出了怎样的代价，是外人不知道的。我的父母，当时能想到的资源，就是父亲的那些当官的同学了。在父母辗转于乡村小学的那些年，与这些同学没有联系。父母调入公社中学后，才开始恢复接触。一来，进入70年代后，社会生活与此前那些年比，稍稍稳定了些；二来，父母到了公社所在地，与这些人见面的机会多了些。我后来回想那时的情形，才意识到，父亲是处心积虑地要与这些同学搞好关系。有几个人，年年过年，要到他们家去拜年。拜年，通常是我去。我们那里，拜年是从正月初一开始，去得越早，越说明对人家的尊重。所以，年年初一，我就开始往这几家跑。拜年所带的礼物，有一定的规矩，是几样当时能买到的糕点。当然，要格外地送上厚礼，也是可以的，这个上不封顶。但我们家，日子紧凑得总像大脚穿小鞋，五个指头都蜷缩着，一点松动的余地都没有，也不可能让我带上破格的礼品。拜年，要在人家吃顿饭。可以早晨赶到人家，吃顿早饭；也可以上午赶到人家，吃顿中饭。但不能下午到人家去。正月初十之前的那些天里，家家都会有些拜年客，至于那些当着官的人家，拜年者就更多了，所以，拜年时在人家吃饭，总是与一些不认识的人同桌。父亲有一个同学，是中学校长。父亲对他格外在意。连续几年，都是带着我一起去拜年。总是上午去，坐一会、留下几样糕点便走，不吃饭。我们那里有习俗，拜年是相互的。如果是真正的亲戚，晚辈必须先来拜年，但长辈一定要回拜。长辈的回拜，时间可以晚一些，也只须打发个孩子上门即可。但回拜的仪式一定要有，否则晚辈以后也可以不来，就做不成亲戚了。"手拿镰刀去割麦，路上遇到拜年客。"也是我们那里的一句俗话。亲戚多的人家，回拜一时忙不过来，到了割麦子的时候，还在尽回拜之礼。父亲的那些同学，因为当着官儿，年年正月从初一开始，拜年客就不断，真正的亲戚是很少的，绝大多数没有亲戚关系，只是借过年之机来联络感情，来送上敬意。所以，对于本不是亲戚的人家，他们是并不回拜的。但父亲与他们毕竟是同学，或许还曾经是他们的班长，现在，老同学、老班长派儿子先来拜年了，按理，也应该派个孩子回拜一下，但那些年里，从没有一个父亲的同学派个孩子到我们家回拜过。父亲当时什么也不说，后来我才知道，他心里是有着屈辱感的。我大学毕业工作后，有一次，与父亲闲谈中说到那几年我们父子二人一起到那个中学校长家拜年，父亲淡淡地说了句："你也派个伢子到我家来一下！"意思是，我作为同学，年年带着儿子到你家拜年，你也派个孩子来回拜一下。这话，父亲虽是淡淡地说，但脸上有着霜一般的凄凉。我也是后来才想明白，父亲之所以特别在意这个中学校长，是存着把我送到他那里当民办教师的心思。

父亲与那些同学联络感情的另一种方式，就是遇上可请他们吃饭时，则尽力请他们吃饭。那时候，没有在饭店请吃一说，都是在家里请。那些人，不在一个公社，隔着十里八里地，特意请到家里吃饭，也不可能。但他们一年中有几次会来到父母任教的那个公社，或是来开会，或是到学校来检查工作。他们来了，父亲必定把他们请到家里。那些年，父母的工资加起来也就每月八十来块钱，有两个老人，四个孩子，全家八口就靠这点钱活着。父亲是嗜酒的。但很少喝。偶尔，实在馋酒了，便让我到供销社去打一点。供销社卖的是散装酒。有一种高粱酒，一块一毛二分钱一斤。每次，我都是拿个空酒瓶，攥着母亲给我的二毛二分钱，去打二两高粱酒。二两酒，应该付二毛二分四厘，四舍五入，那四厘就免了。看起来，占了供销社四厘钱的便宜，但营业员手里的酒提子只要稍微浅一点，浅回去的就不止这四厘钱。父亲在一个大队小学时，是名义上的负责人。那时候，安徽的"古井"，是安徽人所知的最好的酒，三块八毛钱一瓶，但根本买不到，见多识广的人也往往只听说过而没有亲见过。有一个安庆市的下乡知青，在父亲那个学校代课，也就是当民办教师。我还记得他姓齐。有一次，齐老师探亲回来，给父亲带了瓶"古井"。不是送礼。他没必要给父亲送礼，而且是这么贵重的礼。他到学校代课，由大队书记说了算，要送，只须送给书记。后来知道，他确实带回两瓶，一瓶作为礼物送给了书记。另一瓶，算是给父亲代买。他以为父亲会很高兴。他毕竟太年轻，能在安庆一次买到两瓶"古井"，说明家里不是那么贫寒，所以不懂得艰辛人家的艰辛。特意代买一瓶"古井"，也是一番好意，也是要与父亲这个同事搞好关系的意思。父亲当然不能不要。付出三块八毛钱，拿回酒，放到桌子，父母对着它，像对着一个不知如何侍候的不速之客。三块八毛钱，是很大的一笔钱了，可以买五斤多猪肉，可以给孩子买双鞋子，可以给老人添件衣服，怎么能化作杯中物喝掉？父母决定把它卖掉，还不能让齐老师知道。于是悄悄托人打听有无愿买者。那时候，在乡下，要找到一个这样的买主，真不是容易事。但居然没多久就卖出了。一个家境比较好的人家，正设法让儿子去当兵。要争取一个当兵的名额，不是容易事，这酒用得着，欣然买下了。家里平时日子过得刀鞘一般紧巴，但父亲的同学来了，母亲则竭力烧出一桌看起来像样的菜。平时舍不得吃的东西，是专用来待客的，这时候便找出来。如果是上半年，往往还有点咸鱼咸肉，那是过年时存下的。酒当然要有。如果我在家，也总是我到供销社去打酒。有一次，那个我和父亲年年到他家拜年的中学校长，不知何事到父母教书的公社来了。父亲请过来吃晚饭。是冬天，很冷。他来时天快黑了。进门坐下后，他说脚冻得痛。母亲说，用热水泡泡脚吧，他也没有推辞。母亲把水瓶里的热水倒入盆中，端来放在他脚边。他于是脱鞋。脚上的尼龙袜臭得呛人。母亲说，干脆换双袜子，不然脚还会冷。于是找出父亲的一双干净袜子，放在他身边。父亲又叫我把那换下的袜子洗一下。我拿起他那双袜子，袜底已经发硬。暮色中、寒风里，我向不远处的池塘走去，一手抓着那双硬底袜，一手拿着肥皂。在池塘边蹲下，手一探，水面上有薄薄的冰。在这样的天气，池塘边沿是终日有一圈薄冰的。我很费了些功夫，才在冰水中把那双袜子洗净，直起身，打了个哆嗦，月亮便出来了，风更冷了些。回到家把那袜子晾在椅背了。酒饭过后，校长要走。那时候还不流行塑料袋。母亲用旧报纸把那湿袜子裹了一层又一层，让校长塞入包中带走，父亲的那双袜子也被他的双脚带走了。

父亲的同学来做客，有时也会带点东西走。但这种情形不多。一次，父亲的另一个同学，也是当着中学校长，在家里吃午饭。还好，这个校长不喝酒，菜弄得好些就行了。吃完饭，校长告辞。这时，父亲要把家里腌的一条鱼送给他。那是一条很大的白鱼，我们叫翘嘴白，有四五斤重。为了防猫鼠，鱼在家中悬空挂着，脚下要垫着小矮凳，才能够着。父亲拿个凳子，刚站上去，被那同学拽下来；又站上去，又被那同学拽下来。父亲第三次站上去，终于踮着脚，把那条咸鱼取下来，让那同学带走了。那同学是真不好意思要，而父亲是真心想送他。父亲是腌鱼肉的高手。我迄今也没有吃过比父亲腌得更好的鱼肉。那条大白鱼，父亲在盆里腌到一定时候，便每天拿出去晒。早上挂出去，晚上取回来。把水分晒干了，吃起来才香。这样地晒了几个月。这样的咸鱼，要吃时，用手撕扯成条块状，不用刀切。那时，烧饭用柴灶铁锅。米下锅，烧开后，把米汤滗出来，把撕扯成条块状的咸鱼贴在锅沿上，盖了锅盖，再焖一会，饭熟了，鱼也熟了。那鱼好吃极了。特别是肉厚些的部位，是紫红色，分外美味。紧靠着鱼的饭，在焖着时，锅里蹿起的汁水浸泡着鱼，又回落到饭上。水干后，那饭也异常香美。那几个月里，每天看着父亲把那条鱼拿进拿出，我就想象着吃它时的快乐，嘴里就生出些口水。现在，父亲的同学把它带走了，我的口水也不用再流了。

我上高中后不久，我们那个区的区委书记换人了，新任的书记是刚从部队转业回来的干部，在部队当的是营教导员。营教导员转业当地方上的区委书记，级别正相当。公社书记已经很威风，已经让贫下中农望而生畏，而区委书记管着好多个公社呢，算是大干部了。这个新来的区委书记，也是父亲当年在县中时的同学，姓曹。父亲听到这个消息，很有点兴奋，在屋子里转来转去。那天下午，父亲命我到供销社打点酒。我照例拿个空酒瓶，从母亲手里接过两张一毛的纸币裹卷着二分硬币的二毛二分钱，打回了二两酒。餐桌上多加了个炒鸡蛋。父亲喝着酒，回忆起了与曹书记同学时的情形。父亲与曹书记同睡一铺，也就是在一个被窝里睡了一年，各睡一头，相互拥足而眠。父亲当着班长，扮演的是大哥的角色，曹书记则是言听计从的小弟弟。父亲说得兴起，二两酒喝完后，竟然泄露了曹书记当年的隐私。他说，曹书记上中学后还经常尿床，被子经常被他尿湿，而父亲从不埋怨；不但不埋怨，还替他严守秘密。早上起来，曹书记不好意思亲自处理那湿被子，总是父亲把被子抱到外面去晒。尿床的湿，是不规则地湿那么一片；干了后，周边则有一圈锯齿般的黄，视那液体的成色而黄得有深有浅。这很容易让有过尿床经验的人看破。

父亲总是尽可能找偏僻处晒那被子。在父亲这些当官的同学中，曹书记官最大，而父亲也与曹书记最亲密，当年的友情最深。父亲的回忆让母亲和我们，都觉得曹书记肯定能够帮上点忙，例如，给已经当了好几年农民的哥哥找个出路。几天后，我在全家共用的书桌抽屉里，看到父亲写给曹书记的信。抬头没有称"书记"，是省略了姓氏的名字，这是沿用在学校时的叫法了。父亲的信，主要是回忆当年在学校时候的事情。父亲语文水平还行，把一些生活细节刻画得很真切，写到快乐或好笑的事情，还来个"呵呵"。当然没提曹书记尿床的事。这信有一页半纸，但显然还没有写完。我则读得心里酸酸的，第一页没有读完，就放回了抽屉。这信，郑重地寄出去了。父亲等待着曹书记的回信。但终于没有等到曹书记的回信。

　　父母自身无所求。这样地要与那些有点权势的人搞好关系，是为了几个孩子将来能够生活得好一些。正在父母这样地希望着的时候，国家形势发生了剧烈的变化，竟然连高考制度也很快恢复了。那时的人，对于国家重大新闻，应该都是首先从广播里知晓的。那时候，农村已经家家有广播，可收听中央人民广播电台的播音。1977年10月21日当天，广播里就播出了恢复高考的消息。广播里听，总不如报纸上看更切实。《人民日报》要隔一天才能到我们那里。第二天，邮递员来到学校，父亲在学校大门口就拦住了他。报纸是要送到校长那里的，老师们要看，可去借，看完还回。这天，父亲直接从邮递员那里把《人民日报》借出。现在网上能查到，1977年10月21日的《人民日报》，头版头条，是题为《高等学校招生进行重大改革》的报道。下面半版，是社论《搞好大学招生是全国人民的希望》，通栏标题。第一版三篇文章，两篇是关于恢复高考的，可见当时的最高层，也把高考恢复看得何等重要。父亲把报纸拿回家。那两篇文章，读起来很要花点时间，何况他是一字一句地读，边读边琢磨。母亲等不及了，父亲还没读完就抢过去了。平时父亲总让着母亲，这回父亲真怒了，眼里有了凶光。母亲一看，赶紧把报纸再送到父亲手上。父亲读完了，又把报纸翻开，从第二版到第四版，挨篇文章扫了一眼，像是还不过瘾，还想再得到些这方面的消息。第四版从上到下看了一眼，又回到第一版，双手捧着这报纸，像捧着全家的命运，像捧着孩子们的一生。

父亲没有召开家庭会议，没有说什么动员的话，他相信我们懂得这意味着什么。我们几个孩子，也的确像饿鬼嗅到了饭香，像猎狗看见了兔子。很快，安徽省决定12月10日开始进行1977年度的高考。本来，我不属于应届高中毕业生，还没有报考的资格。

但那年报考的人数实在太多,县里决定在我就读的公社中学设个考点。校长则向县里提出,既然在我们学校设考场,我们不能没有学生参加考试。那时候,这方面的制度还没有成形。县里同意我们学校高二班派出一名学生参加本次高考。教语文的老师比较偏爱我,主张派我去;教数学的老师更信任另一个同学,主张派那个同学去。相持不下时,校长决定仿照高考方式进行考试,总分第一名的学生参加高考。考的结果,我是第一名,那位数学老师偏爱的同学是第二名,但我只比他高出 0.5 分。马上就要参加高考,我又六神无主了,像一条小狗面对一块太大的骨头,不知如何下嘴了。我长期偏科,文科还可以,理科则一塌糊涂。但考文科也要考数学呢,这也不是短短几十天能够补得上来的。但也只好硬着头皮上场。1977 年 12 月间,各省举行的高考中,胜出者主要是"老三届"学生,也有在那十年里仍然坚持的真正的文化学习者,但后者是很少的。1977 年 12 月,我和哥哥都参加了高考,都没有考取。但我们毫不气馁。本来这第一次,父母没有对我们抱多大希望。第二年,全国统一高考,是 7 月 20 日开始。我以应届高中毕业生的身份参加高考,哥哥为了稳妥,报考了中专。结果,哥哥以很优异的成绩被安徽省交通学校录取,这在那时也是很值得庆贺的事情。我则极其意外地接到了解放军洛阳外国语学院的录取通知书。过去，根本不敢做当兵的梦，更不敢做上大学的梦，现在居然同时实现，一时间在地方上颇为轰动。那天，我把录取通知书从学校取回，到了家门口，母亲迎出来，有几个父母的同事也围上来，看了通知书，大家自然惊叹。这时，父亲从不远处的公厕出来，急匆匆过来，要过那通知书，看了又看，然后还给我，又向那公厕走去，原来他刚才并没有把事情办完。

后来，与父亲聊天时，偶尔会说到那些年他与那些当官的同学的交往。实际上，说父亲是刻意奉承、讨好、巴结那些过去的同学，也并不过分，只不过父亲始终守着某种分寸，始终没有失去体统。我们曾经假设，如果时代不发生变化，如果没有高考制度的恢复，他的那些同学是否会给我们兄弟一些实在的帮助呢？我和父亲这样地假设过后，又同时摇着头。在这样的闲谈中，父亲曾经说起过一件事。那些年，公社医院的院长，偶尔到我家闲坐。院长是公社党委委员，对当地的情形自然比一般人更懂。有一次，留在我们家吃饭，自然喝酒。父亲与他碰杯之际，流露了对几个孩子未来生活的担忧。院长大概有几分酒意了，对父亲说："送！要送！你送东西给他，难道是痛他？还不是痛自己！"院长的话，像冰水浇着父亲，也像鞭子抽着父亲。这所谓的"送"，当然不是送几斤粗劣的糕点，也不是送一条自腌的咸鱼。父亲总想

217

靠唤起、培育同学之情来解决孩子的前程问题。殊不知，同学之情是很柔软的东西，是说有就有、说没就没的东西，而孩子的前程则是山一般实实在在、无法回避的事情。指望借助那柔软的、可有可无的东西，解决山一般大而实在的事情，当然是可笑的。就是那个有点亲戚关系的大队书记，哥哥在他那里的几年间，也没有得到他丝毫照应。父母曾希望哥哥能够入党，也把意思对那亲戚书记表露过，但书记根本没有把父母的请求放在心上。要说那医院院长说的道理父亲完全不懂，也不符合实情。但就算父亲把院长说的道理懂得透透的，也没有办法照着实行：家中经济如此窘迫，哪有可能送上让那些人满意的东西？父亲指望借助同学情谊解决家中大问题，半是天真，半是无奈。同学情谊，有些像那种停止流通而又并不稀见的纸币，把它当钱，它就还算个钱；不把它当钱，它就是废纸一张。父亲除了一把过时的纸币，没有别的东西，便只好幻想着这过时的纸币能当现钱用。

2022 年 3 月 31 日初稿
5 月 29 日改定

绝响

"人生三大宝：丑妻、近地、破棉袄"，这句俗话，表达的是中国农民持家过日子的准则。这话想起来就觉得怪怪的，但又挺有意味。妻，在我的家乡，文雅一点的说法，叫堂客；人们日常说话，则称作烧锅的。一个男人，娶个烧锅的太好看，容易让别的男人惦记；一有别的男人惦记，就难免生出些是非、灾祸，甚至极惨的事。所以，烧锅的丑一点好，谁也不正眼看她，她也就一心一意做好烧锅之类的事情。据说诸葛亮就刻意找了个极丑的女人做烧锅的。近地，很好理解。家中的地，离家近些，便于晨夕看护侍弄，可以精益求精地耕，细益求细地作，当然收获就可指望更多。至于破棉袄，是说过日子要节俭，意思也很好懂。

绝 响

我六七岁前，家在一个小镇上，与农民不能说有切身的接触。1960年代末，全家迁回父亲的老家，那是最底层的乡村。直到1978年考入大学，我在这底层的乡村生活了十年，但那个时代的乡村，已经与传统乡村很不是一回事，代代相传的那些人生信条，基本不管用了。我的家乡，把人的长相，叫做"式样"。说一个人，尤其是年轻女子长得好看，便说"式样好"。那个时代，农民娶妻，虽说并不特别在意女方式样，但也没见过有谁刻意要寻觅个式样特难看的。这一条，应该自古便不被遵循，太有违人性了。只有诸葛亮这种近妖的人，才干得出这种不是人干的事。那时候，在农村，式样好的女子，还是可能嫁得好些，比如嫁个当兵的，或某个书记的儿子。"近地"这一条根本不成立，因为农民压根就没有自家的地。中国农民的勤劳，我在家乡时没有什么深切的体会。农民的勤劳，当然只能体现在田间地头，体现在对土地和庄稼的态度上。但勤劳也是要有条件的，不是想勤劳就能勤劳得了的。那时候，农民根本没有自己的土地和庄稼，勤劳便失去了表现出来的条件。土地是生产队的。每天大家一起出工收工。那公家的土地，出工时你特别勤劳，没有什么意义，更会招来众人的忌恨。没有队长分派，收工后你一个人跑到田地里劳作，那不是在搞破坏，就是在"发神经"。当然，那时每家有点自留地，完全用来种自家吃的菜。但那自留地，只有猫的额头那点大。人口多一点的人家，也只有狗的额头那么大。根本用不着男人过问，烧锅的便料理了。

每天大家一起出工收工，没有谁特别勤快，也没有谁分外懒惰。

我1978年秋便离开家乡到了城市，对农村改革后的农民，没有深切的了解。见识、体察中国农民的勤劳和对土地的近乎非理性的信赖和热情，是几年前住到现在这个小区之后。

我栖身的这个小区，十多年前还是山地，是山与山之间的鞍部。小区周遭都是山。不是什么大山，最高峰也就海拔四五百米。一般的山头，大概海拔一二百米。整条山脉，绵延百余公里。山是青石山。石质据说很好，因此，一些山头曾长期被开膛破肚，采取石头。一出小区大门，过一条路，是一处平地，广场一般。山与山之间，咋会有如此宽阔又这般平整的地面？刚看见这场景时，我挺纳闷。越过马路，走上那处平地，见上面长满蒿草。在草丛中走着走着，又发现地面上不只长着草，还长出些别的东西：一只皮鞋的前半截竖着露出地面，另一半埋在土里；一段塑料管从地下长出，不知有多长的根扎在地下；一个布娃娃，脑袋藏在蒿草根部，身子隐藏在土里，像正在躲猫猫，当然，也像在被活埋……草丛中，还长出瓷砖、电线、木梳，甚至整个收音机，甚至半个电饭煲，而最多的，是红色的砖头。我于是明白，这里原是一处采石场，采石形成了一个大坑，后来用建筑垃圾填平，而蒿草则是从填充物上长出，显然是人工种植的。

出了小区大门，如果不过门前那条路而是向左拐，则是比较平缓的地带，是小区所在的鞍部的上半部分。平缓地带的尽头，又是一座山头。这座山头，过去也是一处采石场。面向小区一面的山头，被炸掉了下半部，后来又填补上，当然也补种了树木；远看，看不出这座山大半是真而小半是假。但补种的树种总不能与那大半边的原生林完全一样。在色彩上总有差别。所以，近看，这座山头像是对某种疫情流行的天机早有所知，早就戴好了口罩。那处被填平的采石场在南边，这个大半真小半假的山头在北边，两处相距一千几百米，地上都是采石留下的碎石。采石，是用炸药炸。一炮响过，碎石能飞出很远。许多石头只有鸡蛋大、拳头大，但也留下了大量鸡本身那么大或猪狗那么大的石头，甚至牛一般大的也有。这些被炸到地上的石头，有些仍然裸露着，更多的则隐身于土中。南北之间，有一条路，是人走出来的路，不是特意修筑的路。新冠疫情爆发那年，我在家里憋了几个月，体重猛增，便决定每天外出走走。四月的一天，我走出小区南门，左拐后便走上了这条半石半土的路。路两边，稍微平整一点的地方，都被开垦成了庄稼地。一畦一畦地连缀着。地的大小不等。小一点的，二十来个平方；大一点的，五六十个平方。有的畦与畦之间，用石头垒着埂。这个埂想来便是各家的分界线。每家的地，四周都扎着篱笆。有的人家，篱笆里只有一畦地；有的则几畦地连着，外面扎着篱笆。这条路并不笔直。走了六七百米后，向左拐，是那座大半真小半假的山头，向右拐，是一处缓缓的坡地，很是开阔。坡面中间，有一条细细的路，在草丛中隐现，像夹克衫上的拉链。小路两边，各有用篱笆围着的院子。这两处院子的规模，都十分壮观，都有好几百个平方。篱笆是用树枝扎就。右边的那一处，在靠坡顶的左角上，建了一间小屋，小屋有门。屋顶和四周，都用建筑工地围挡上常见的人工草皮遮盖，看不出是用什么材料建成小屋的，料想总是用木头，因为在这里找点木材实在方便。主人这天没来，小屋的门关着。我开始猜想小屋是放农具的，但又看见小屋外的篱笆墙上靠着锄、锹、镐、耙一类物件。那这间小屋，就是突然下雨时用来躲雨的，是在大太阳天用来歇息的。篱笆院墙的门，朝坡下开着。从坡下的路走上去，修了十几级台阶，阶面铺着细小的石头，

225

铺得很平整，让人想起那种一笑便露出的满口细密整齐的牙齿。篱笆门的左侧墙角，挂着一块漆成白色的木片，有16开的书那么大，木片上有两个黑色的字："厕所"，写得工工整整；下面还画着一个箭头，指向里面。厕所建在招牌后面，与那头的小屋相对。篱笆门没有关。我走进去，见厕所地下安了个陶瓷的蹲式便器，是常见的白色。便器的后面通向墙外。我绕到后面，见地下挖了个方形的池子，用来接大小便。我明白了，这一处的主人，建个厕所，并非只是自用，更想用来积肥。这里没有什么过往的人，只有像他一样开荒种地的人。他希望别的开荒种地者，有了屎尿，能送到他这里来。没想到，离开家乡这么多年，又见到收集屎尿的人，又见到屎尿成了宝贝。

时令是春季，各家地里长着的是油菜、蚕豆、豌豆一类庄稼，也有几家种了小麦。这一天，我把所有的地看了一遍，没见到有人在地里劳作。我走上那个山坡，向远处走去。一个多小时后，我回来，又路过这垦殖区，便有三两个人在各自的地里忙活了。此后，只要不外出，我便每天下午午睡后，走出小区大门后左拐，路过这垦殖区，向山上走去。每天总有人在地里干活，但每天见到的人都不很多。这很好理解，每个人的空闲时间不同，不可能同时出现在地里。但见到的所有人，都是看起来六十岁以上的人，没有见过一个头上没有白发的人。男人居多，也有女人。垦殖区仍然在扩大。时见有人在开垦尚荒着的地方。看见他们开荒的过程，才知道把这里的荒地变成耕地，有何等艰难。地面上有石头，先要把这些石头清除掉。这自然不算费事。地面的石头捡掉了，看起来是泥土和荒草，但泥土和荒草下面，仍然遍布大大小小的石块。所以，他们开荒，不能用锄，也不能用锹，得用镐，给人感觉不是在开荒，倒像在开矿。有一位女性，身材很高大，黑发里夹着银丝。有一天，我走出小区，向左拐，便见到她在最顶头的地里干活。她有时站起来，两手把锄柄或锹柄拄在前面，腰杆总是挺得很直，扫视着她的庄稼，像将军在检阅士兵。今年夏天，最热的时候，有一天我走到这里，见她挥镐在拓展她的土地。她要把与她的土地相邻的一处荒地，再变成耕地。她的铁镐每一次挖下去，都碰到石头。每一镐下去，仿佛都有火星迸射。

我路过这垦殖区，有时候，会停下来，与这些忙着农活的人聊上几句。他们都很愿意聊聊。我也弄清楚了他们是些什么人。他们都与我住在一个小区，这我本来便知道。但他们大部分人，只能说是这个小区的暂住者。有一次，我听到地里一对老夫妇，说的是我的家乡话，我便知道遇上老乡了，便也用家乡话打招呼。老夫妇先是脸上一惊，接着便露出欣喜。在这个地方遇上家乡人，他们显然比我更高兴。原来，老汉已七十出头，烧锅的也七十了。这个小区的住户，大部分是大学老师。这老两口的儿子也是大学教师，早已是教授。两个女儿也在其他两个大城市工作。既然孩子都在外面，儿子就让他们住到南京来。在乡野生活了一辈子的人，住进城市的公寓房，总是有些难受。好在这里四周也是山野。那烧锅的说："老汉在外面闲逛时，发现有人种地，发现有地可种，'乐得跳！'"这是我的家乡话，意思是高兴得跳起来。老汉当即以一个老农的眼光勘察了垦殖区，研究了他人的种植情形，选中了自己的开垦区域，购置所需的农具。锹、锄、镐、耙这些东西到手后，便开始干起来。从此，一有空便往地里跑。"有了地种，心里有就了着落。"他们说。"家里本来也有地吧？""有呢！""那你们出来了，家里的地给别人种了吗？""没有啊！荒在那里呢！现在地没有什么种头，白给人种也没人要！"我点点头，表示很理解。把种了多年的熟地撂在家里，任其重新变回荒地，又到这城市边缘来开荒，一镐一锄、一锹一耙地把石多土少的地方，捣弄成可以种庄稼的地方。这似乎有些荒谬。但我很能理解他们的心情。离开家乡，撂下土地，住到城里来，总有不得已之处。乡下老人住到城里儿女家，因为老人自身情况者少，因为儿女需要老人帮助的情形有十之八九。不得已在城市的公寓房住着，有的还是高层，离开了房前屋后的猪哼牛哞、鸡飞狗跳，心情自然是郁闷的。能够在这样的地方找到可种庄稼的地方，生活一下子实在了很多。能够在这里开垦出土地，等于把家乡部分地搬了过来。留在家乡的耕种了多年的熟地，撂在那里，在一点点地板结着，而这里的乱石坡地在他们的镐、锄、锹、耙等农具的作用下，一点点地松软着、细碎着。如果以为开垦、耕种这样的坡地，让他们感到分外痛苦，那说不定想错了。对于真正的老农来说，把根本不适合种植的地方改造成庄稼地，或许有着特别的成就感，有着异样的甜蜜和快慰。

但在这里开荒种植的人们中，像我的这两位乡亲那样本来身份就是农民的人，是很少的。大多数人，本来的社会身份并不是农民。大多数人，在家乡是有"工作"的，有的还是公务员、中小学教师，现在退休了，都拿着一份退休金。有一天，我走到这垦殖区，下起雨来了。雨说大不大，说小不小。是回去，还是继续往前走，我有些犹豫。正徘徊不前时，身边有人说："师傅！下雨了，山上不会起火的！"是苏南口音。我低头一看，路边地里走上来一个精瘦精瘦的老年男子，正把锄头往肩上架。这位老者我很熟悉，观察他好久了。他是来地里最多的人，我几乎每天都

绝　响

看见他。好几次想跟他聊几句，见他总那么专注地劳作着，不忍心打扰他。他有时用锄头在侍弄着土地，稍微大一点的土块便用锄背捣捣碎，稍微拱出一点的地方便用锄面挖挖平；锄头的起落很快速，如鸡啄米一般。有时，则是用双手侍弄着庄稼，或者把一片绿叶翻过来，看看反面；或者在叶片间捉住一只虫子，捏死，扔在地里。他看庄稼的眼神，让人想到小区里那些女士看自家宠物的眼神。今天，他主动与我搭话，我未免一愣："山上起啥火？""你不是巡山的防火员吗？"原来，他见我每天准时上山，便让我改行，担负起更伟大的使命。雨下得有点大。这是冬天，上了年纪，淋不起冷雨，不管山上是否会起火，我都得往回走了。两人并肩走着，聊着。他是无锡人，但不是没有生活来源的老年农民。"我是企业退休的，每月有两千多块退休金呢，够我生活了！"我明白他的意思，是要告诉我，他开荒种地，不是因为生活无着。不用他告诉我，我一开始就知道，在这里开荒种地的人，没有谁是在算经济账。算经济账，那就太不合算了。"您今年高寿？"这用词有点酸，他一时没领会，盯着我看，笑着。"您今年多大岁数了？""哦，七十二了，"他立马回答。"您是怎么到南京来的？""孩子在大学工作。前年些，孩子生了孩子，要我来带孩子。现在孩子大了，不用整天照看，我就找块地种，身体好多了，也不用特意锻炼身体。""是的是的，挺好挺好！""你不是防火员，那是干什么的？""我也在这里大学工作。""你今年多大了？""您看呢？"他打量了我一会，说："也有七十了吧？"一下子把我看老了十多岁，我嘴上"嗯嗯"着，心里拔凉拔凉的。分手时，他说："你也弄块地种，就不用天天上山锻炼了。""好的好的，到时您当我的师傅！"他笑了，笑得像个孩子。

　　我没有问他原来是在什么样的企业上班。无论什么样的企业，他进入这企业前是农民，当了工人后也没有离开农村。也有人其实就是这里大学的在职或退休教师。不管本来的社会身份是啥，在这里开荒种地者，都是种过地的人，都是对土地有着深厚感情的人。有一位男士，比那位无锡老人要年轻些，当他在地里劳作着时，给我的感觉，与那位无锡老人既相同又不相同。相同，是他们的挖、铲、锄等一举一动，都表现出对土地和庄稼的热情。他们的动作都是熟练的。但是，熟练的意味却有些差异。那位无锡老人，当他在侍弄着土地时，你感觉他本身便是土地的一部分；当他站在庄稼中间时，你感觉他自己就是一棵庄稼。而这位年轻些的男士，总感觉他与土地和庄稼之间，隔着一层薄薄的东西。用酸文假醋的话说，无锡老人在地里劳作着时，已经没有主客体之分；而这位年轻些的男士，当他在地里劳作时，他和土地与庄稼的主客体关系，还是隐隐约约地能感觉到：他是主体，土地和庄稼是客体。还可以说，无锡老人，当他侍弄着土地和庄稼时，像是一个母亲抱着自己亲生的孩子，自然、随意；而这位年轻些的男士，当他侍弄着土地和庄稼时，像是抱着一个收养的弃婴，动作里有极细微的生硬。还可以说，无锡老人，当他侍弄着土地和庄稼时，像是在说着说了一辈子的家乡话；这位年轻些的男士，当他侍弄着土地和庄稼时，像是说着数十年没有说过的母语。这位年轻些的男士，种了一畦花生。今年夏季，我每次路过，总感到花生长得很好。他的花生地与别人的地之间，隔着一个圆形的土丘，像一座大坟。但当然不是坟。最初的垦殖，自然是挑选比较平整的地方，这样的土丘就剩下了。或许是花生的长势引发了他的扩张之心，他要把这土丘变成耕地了。一天下午，我路过此处，见他挥镐在开挖那土丘。那土丘，表层是土，土里尽是石头。"把这里也开出来啊？"我说。"是的，也开出来。"他听见我说话，一边回答着，一边直起身，挂着镐柄，又说："每天干两个小时。"说着，笑了。他整个人几乎湿透了，像刚从水里探出头来。汗珠从头发上，从脑门上，从鼻尖上，从耳垂上，从下巴上，往下滴落着。脸已经晒得很黑。肯定先是脸上蒙上了一层尘土，汗珠在蒙着灰土的黑脸上冲刷出一道道痕迹，有点像京剧舞台上的角色。他用左手拄着镐柄，右手扯下脖子上的毛巾，满脸一擦，这动作像极了农民。脸上的汗痕也被他擦没了。"您退休了吗？""是的，当了一辈子老师，现在退休了。退休的感觉真好。弄点地种，身体活动了，心里清净了。"我赞同地笑了。"农活干得不错啊！""不行不行！年轻时干过，上大学后就没干过了，生疏了，不能与他们比。"他所谓的"他们"，就是指无锡老人这样的人了。说完，他又挥动镐子和汗珠，不再理我。我没有问他本来是从事什么专业，是文科还是理科。总之是，从青年到老年，在书房或实验室，拼搏了数十年，挣扎了数十年，或许还无聊了数十年，现在，可以让那些仪器和书籍见鬼去了。我想，在书房和实验室的数十年，他可能从未感受过现在在庄稼里感受到的快乐。离开那些仪器书籍，到山野开出一块地，仿佛就找到了那初恋的村中姑娘。十多天后，他终于把这土丘大体变成了耕地。土丘三分之二被刨掉了。剩下的三分之一，可能因为是整块的巨石，他实在啃不动，就留着，上面覆上土，便形成一个斜面。一天下午，我在另一处路边，见他用锯子锯着枯枝。"扎篱笆用啊？"我打了声招呼。"扎篱笆用。"他抬头回应一声，又低头锯起来。

绝　响

　　这个垦殖区，家家地头都放着桶，有铁皮的，有塑料的，家家都放很多个。铁皮桶，大多是白色，都是本来装油漆的；与铁皮桶大小相仿的塑料桶，也曾是油漆桶。还有一种很大的桶，蓝黑色，不知本来是干啥用的。桶都有盖。有的是原配的盖，有的是补配的盖。有一处地头，各种品种和型号的桶特别多，我数了一下，竟有四十五只。家家地头摆这么多桶，弄得这里不是在种地，倒像是家家在卖桶。我本来猜测是装肥料用的，一问，才知猜错了。在这里种庄稼，要克服的困难很多。浇水的问题就很难解决。种庄稼，尤其是菜蔬一类物种，浇水是必须的。但这里离水源很远，最近的池塘和小河，也有好几里地。于是便家家弄了许多桶，摆在地头，用来接雨水。将雨水积蓄起来，天晴时用。下雨时桶盖要打开，不然接不着水；不下雨时桶盖要盖上，不然很快蒸发掉。这就很麻烦了。头天晚上下着雨，第二天早上雨停了，大太阳出来了。这天本来没空下地，但也得挤出时间，赶到地头，把桶盖一一盖好。有时候，好多天没下雨，桶里的水，一滴分做两滴用，用勺子舀着水往禾苗上浇，像食油紧缺年代炒菜时往锅里放油一般。突然天下雨了，便急忙往地里赶，为的是去打开桶盖。有时候，正烧饭呢，下雨了，也急忙关掉火，骑上自行车或电动车，朝地里赶去。有时候，很像要下雨了，匆匆赶往地里，一一打开桶盖，却终于云散天青。光靠接雨水，地如果种得很大，那也是杯水车薪。一次，我走出小区大门，便看见前面一个女士，推着自行车，往地里走。自行车后座两边，各挂了两个装纯净水的塑料桶，后座上又绑着两个同样的桶。是那种五千毫升的桶，桶里装满了水。她是从家里往地里带水了。每桶十斤，带了六十斤自来水。她左手扶着龙头，右手扶着那后座上的桶，一会儿扶着前面一只，一会儿扶着后面一只；但那两只桶还是一会儿这一只往前倒了，一会儿那一只往后倒了。顾了后面的桶，前面的龙头就左倾右扭，像扶着一个醉汉，也像赶着一头犟驴。也有人用电动车运水。一次，见一个男士，骑着电动车往地里走，电动车的脚踏板上，放着一个白色的油漆桶，里面装满水。路上满是乱石，他骑得小心翼翼。骑快了，桶会颠下来；骑慢了，车会倒下去。他以走钢丝的姿态骑着，在爬一个坡时，桶还是颠下来了。地面很干，又到处是石缝，那一桶水，迅速消失在尘土和石缝中。他停住车，拣起桶，放到踏板上，掉转车头，又向远处的小河骑去。

更大的困难，来自野猪和猪獾。这四周的山上有野猪，而且还不少。多次有野猪跑到山下的校园里。我也在山上山下目睹过几次，每次都是几头一起行动。猪獾我没有见到过。我以前只知道有狗獾，没听说过还有猪獾。上网查了一下，猪獾体型是半大的狗一般，确实模样像野猪。又说是濒危物种，那这里怎么会有？但网上说，南京周边的山上，确实有这种畜牲。我在山上山下走着时，到处可见或大或小的猪蹄印，雨后特别清晰。大的猪蹄印，是野猪留下的；小许多的猪脚印，应该就是猪獾踩出来的。或许有人认为是狗脚印，那肯定不是。猪狗的脚印很好分辨。猪是偶蹄，两片半圆形的硬甲，印在地上，当中挤出一道凸痕；狗则和猫科动物虎豹狮熊一样，是梅花脚，脚印如硕大的梅花开在地上。从山下山下的脚印看，这周边山上猪獾还不少。那位无锡老人说，对他们的庄稼为害最大的，是猪獾，地上的禾苗、地下的果实，什么都能被它吃掉。这就是家家的地，四围都扎着篱笆的原因。篱笆大多数用粗粗细细的树枝扎成，有的还用那种绿色的塑料网围起来。有一家的地，竟全是用小指头粗的钢筋扎成。光扎篱笆还不够。地里还有各种警告、恐吓野物的配置。过去在乡下，常见田地里立着稻草人，那是用来吓唬鸟雀的。而这个垦殖区，要吓唬的是野猪和猪獾，通常那种稻草人显然力道不够。于是，有的地里，站着许多武士，都戴着头盔。说是同一个组织的武士吧，各人头盔颜色又不同，赤橙黄绿青蓝紫地排列着。可能颜色不同，级别便不同，本领也有异，意在让野猪和猪獾们知道，这是一支等级森严的队伍，于是望而生畏。有的地里，站立着的是警察，头戴大盖帽，一身警服，手臂上有白色的"警察"二字，胸前还有英文的"police"。也不能说这完全是胡闹。英文就起源于这山上的野猪洞，也是有可能的。警察左手垂着，手掌紧贴裤缝，右手则在对着山野敬礼。腰带上别着手枪。意思很明显：先对敢于来犯的野猪、猪獾严厉地警告；警告没用，那就鸣枪示警。不过不能真打，野猪和猪獾都受法律保护。如果哪家地里的警察真在某个晚上打死了野猪，尤其是猪獾，那边派出所的警察就找上门来了。有的地里，关云长威武地挺着胸，右手持着青龙偃月刀，左手捋着美髯，血红着脸，怒目半睁半闭地鄙睨着前面的山野，似乎在说：尔獠太过猖獗！难道不知华雄的下场？难道比颜良、文丑还厉害？关公是武圣，圣人自身便是立法者，真要杀了这些山野饿獠，恐怕也无甚干系。还有人家的地里，遍插小红旗，用国家的名义、专政的力量对野猪和猪獾进行威慑，这就比仅凭武力要棋高一着了。即便与山野畜牲发生冲突，也应该努力寻求别样的解决，而不是动辄军事威胁。这家的主人，政治站位显然比其他人高出许多。但我不知道在夜晚的野猪和猪獾的眼里，那旗帜是何种颜色、何等模样。还有人家地里，插着许多孩子玩的小风车,五颜六色的叶片在风中转动着。这似乎想要出奇制胜,袭用的是以鞭炮充机关枪的智慧。

这些人,把这地种到悲壮的程度了。其实,靠接雨水,不能完全为庄稼解渴;靠用自行车、电动车运水,也有些像鸡刀杀牛;戴着头盔的武士、手持大刀的关公、别着手枪的警察、飘扬着的红旗、旋转着的风车,还有扎得很牢实的篱笆,也不能把野猪和猪獾全都逼退。这些手段都有效,但效用也有限。前不久,我路过那位退休老师的地头,他正在收获那一畦花生。花生全都拔出,摊在地上。我驻足,说:"收花生啊!"我话音刚落,他指着地上说:"你看看!你看看!吃掉一半。"他当然是在控诉野猪和猪獾了。我以玩笑的口气说:"那就不种了吧?""种啊!干吗不种?收多收少无所谓呢!"他只愤怒了一会儿,现在脸上带着笑意了。前几天,路过一处地头,一畦不大的地里,一半是蚕豆一半是豌豆,豆苗刚长出。一个女士,头发花白着,在锄着地。我与她聊了一会。她告诉我,是苏北人,原先也在企业上班,现在每月也有两千多元退休金。儿子在省政府工作。前些年,来替儿子带孩子。现在孩子上幼儿园,每天只需要接送。幼儿园就在小区里。所以,每天就有许多空闲。闲得难受,就也来开荒了。现在这豆苗,是种了几次才长出的。"前面几次，种子刚种下，就吃掉了！种子刚种下，就吃掉了！"连刚种下的种子也不放过，可见关云长们威力有限。"光靠接雨浇地也不够呢！"她下巴努了努地头的一排桶，说。"那这样一块地，能收多少豆子啊？""嗐！谁知道呢！谁知道野猪留下多少，谁知道天会不会旱。收多收少无所谓呢！"

收多收少无所谓，这是他们的共同心态。没有这样的心态，这地还真种不下去。他们的收获，与他们的付出，真不成比例。他们种植的那些东西，不远的菜场上都有。折算成钱，真的不值几文。但这真不是钱的事。他们的耕种方式，是传统的；他们对土地的痴情，也是传统的。这些，都会在如今六七十岁一代人身上，成为绝响。

走在这垦殖区，偶尔会遇上无人收获的庄稼。去年夏天，路过一处麦地，我看了许久。地里种的是冬小麦，不大的一畦。我走近麦地，惊飞许多野鸟。鸟雀们显然把这里当成了粮仓。早过了收割季节，新面粉都上市了，这一畦麦子也熟过头了。这麦子早该收了，为何至今未收呢？此后许多天，我每次走过，都留意这一畦麦子，终于一直无人来收割。麦秆和麦穗，先是由金黄变得黑黄，然后变成全黑，几场雨后，又都粘伏在地。今年深秋，我在那处山坡上走时，看见草丛中有秋南瓜，不大，长长的，绿绿的。

239

先是看见一个，接着看见一个又一个。我有些奇怪。顺着瓜藤找下去，在数十米远的山坡下，看见了瓜墩。这南瓜，应该是种下后就无人过问，才会长得如此恣肆胡乱，像是野生的。垦殖区的最南端，有一地红薯。十月里红薯就应该挖完了。现在十一月快过完了，那一地红薯还在。早下过霜了，红薯叶蜷缩着，也由绿变黑了。地里有野猪或猪獾拱出的坑，有猪嘴或獾嘴带出的红薯。如果不是这里离大路和人家最近，恐怕早就让它们吃光了。我知道，这一地红薯，是不会有人来收挖了。不用怀疑，种植这些的老人，在庄稼成熟前便离开了这里，而家中的下一代，根本不知道老人把地种在哪里；知道了他们也没有兴趣过问，他们甚至压根不知道如何收获这庄稼。

这些丢下自己庄稼的老人，到哪里去了呢？

2021年11月23日初稿
2022年5月4日改定

废墟与狗

数年前，我在生活方式上奉行的是"四不主义"，即不戒烟、不戒酒、不节食、不锻炼。奉行到五十多岁时，终于觉得应该把"主义"调整一下，变"四不"为"三不"，开始节食了。那原因，就是胖得实在有些难为情；尤其是肚腹，便便得自己都不忍低头看一眼。到个地方去，无论怎么做收腹运动，也是肚子先进门。买条裤子，营业员拿个软尺量了腿长再量腰围，总是轻声惊呼。也难怪，两者实在不成比例。终于决心进行瘦身运动。其实就是节制主食。数月下来，效果是显著的。体重减少了十来公斤，其中自然有一部分是从腹部消失掉的。于是惊喜地发现，几条多年不能穿的裤子，又勉强可穿了。

　　体重降了十来公斤后，再降就难了。虽然离标准体重还有一定的努力空间，但终于小瘦即安，满足于将体重维持在一个差强人意的水平。就这样维持到了2020年的1月，新冠疫情爆发，于是过了几个月足不出户的生活。到了4月初，百花盛开了，莺飞草长了，我又开始了肚肥裤瘦，好几条裤子，又扣不上裤腰扣了。于是决定再对"主义"进行调整，变"三不"为"二不"：我要开始运动了。

我唯一能坚持的运动，是走路。我居住的小区，十多年前还是山地。周边都是山，虽然不算大山，但也不能说是丘陵，且草木茂盛。山上山下，时有野猪出没。在4月初的一个下午，午睡起来后，我开始了走路运动。出得小区南门，任意往一处山边走去，有一点探险的刺激。我想，春天了，应该有蛇了，于是拣了一根木棍，边走边击打着前面的草丛。最初几天，是在离小区比较近的区域转悠。几天后，想走得远些。翻过一座山梁，走完一条山间小道，眼前突然一亮：一树桃花在眼前盛开着。这是野桃树，很大的一棵。每一朵桃花都像一个笑靥。一大棵桃树就这样在春风里欢笑着，笑得疯疯癫癫的。桃树后面，是一口池塘。池塘也很大。池塘的那一面，有人家了。那前面，应该是一个村庄。

我于是沿着塘坝向似乎是村庄的方向走。拐过一个弯，出现了一座小院，院门左侧竖挂着一块木牌，写着"废品收购站",白底黑字,十分醒目。我好生纳闷:在这样的山野之地,怎么会有废品收购站?

继续往前走,开始看见正在拆除中的房屋。沿着进村的小路,两边的房子,房顶都没有了。有的内墙外墙都拆得只剩矮矮的一截;有的则刚刚拆除房顶,窗户还在,只是窗门窗棂都没了。继续往前走,突然一阵狗叫声响起,便见十几只狗向我扑来。大多数是黑狗,有几只是黄的、白的或花的。我是不怕狗的。藏獒一类特别凶猛的犬类,我没有遇上过,不敢说。至于中国农家养的土狗,我很懂得它们的习性。只要你做个下蹲的动作,它便以为你是在捡石头,就会停下扑来的脚步,至少是放慢扑来的速度,显出后退、逃跑的姿态。如果你手里有一根棍子样的东西,哪怕是一根芦秆,只要朝它比画着,它就绝不敢真的近你的身。十几只狗叫喊着向我扑来,我于是举起木棍,迎着它们冲过去,显得比它们更为愤怒。它们立即向四处散去。大多数停止了吠叫。也有几只,退到自以为安全的距离后,仍侧着身子,盯着我,嘴里还发出叫声,但已经像嘟囔了,声音里表达的像是委屈、疑惑,而不是护家的正义、御敌的激昂。

把这群愤愤不平的狗扔在身后,我往前走着,又见一处院落,周边的房子都半拆了,这个院子里的房子还完好着。从开着的院门,可以看见系在两树之间的绳子上晒着衣服。刚才那些狗,便是从这家门前向我发起冲锋。又走了几步,拐过一个弯,一大片断壁残垣在我眼前参差支棱,让我不禁停住脚步。一户又一户,两层或三层的没有房顶的房子,鳞次栉比着,整体上呈半圆形,四周是山。这些房子,有的被拆除得多一些,剩下的少一些;有的被拆除得少一些,剩下的多一些。在忽高忽矮的断壁之间,夹杂着些片瓦未损的人家。片瓦未损的人家,墙上都写着两个字:"有人"。有的是红色,有的是绿色,也有是褐色。字体各各不同,有的长长的,有的扁扁的;有的好看些,有的难看点。但"有人"两字都很大,且都一笔一画地写着,没有一丝潦草。显然是有意让人远远就能看清。我驻足观看了良久。一幢两幢房子倾圮形成的废墟,当然不难见到。但如此大面积的废墟,我此前只在地震后的汶川县城见过。地震后,很多遗址原样保留着。面对那样的废墟,任何语言都难以表达心中的感受。现在眼前的这片废墟,是拆迁造成的。在性质上,当然与汶川县城没有可比性。只是这片废墟之大,自然令人想到四川山区的那座曾经繁华的县城。

往前走一段,又见路边一座小院,在四周的颓败中兀自齐全着:顶是顶、墙是墙;门仍然是门,窗依旧是窗。里面的房子好像有两三进。最前面进大门后的第一进,靠墙是货架,货架上是各种日常生活用品。当然也有玻璃柜台横在离大门很近处，隔着玻璃可以看见香烟之类的物品。这是村中的小卖部了。院门外，竹子躺椅上坐着一位男子，年龄与我相仿。见我走来，似看我非看我地微笑着。我于是与他聊了起来。终日枯坐在这里，难得遇到一个人，也很寂寞吧，他很愿意解答我的疑问。原来，这是一个大村子，有五百多户人家。当地政府要把此处建成科技园，便要把村民迁走。在别的地方建造安置房，村民三年后可去领房。在这三年里，村民自行到外面租房过渡。租房费用当然由政府出。基本上都搬走了。但还有十多家没有谈妥，他便是这十多户之一。这我就明白了，那些写着"有人"的墙壁，便表达着一种僵持，也就是通常所谓的钉子户了。在墙上写着"有人"二字，是防止各种各样的人把这房子当成了无主的弃物。当然，主要是防止负责拆房子的工人把这房子也一起拆了。

我向来时的方向望去，见刚才试图围剿我的那群狗，有几只在路上半卧着，也就是腰以下侧身贴地，以两条前腿支撑着前半身；有几只站立着，或慢慢移动脚步，鼻子在路边的杂碎物什上嗅来嗅去；还有几只站在那里，愣愣地，一动不动地看着远方。我指着那群狗，问这小卖部的主人："这些狗是留下来的啊？""是的，外面租房子，狗带不走，就丢下了，成了流浪狗。"小卖部主人以轻描淡写的口气回答了我。我这才意识到，它们刚才扑向我时，叫声和姿态都缺乏一点力度。狗毕竟是狗。身后没有了主人，身后的家已成废墟，它们哪里还有底气？

告别小店主人，往前走着。我想，大概村中被留下的狗都集中在路边那家仍然有人生活的院子前面了。说它们是流浪狗，并不贴切。它们没有流浪。它们仍然固守在自己的村子里。它们只是没有了主人。对于狗来说，没有了主人就是没有了家，何况，本来的家也的确面目全非了。我一直以为丧家犬与流浪狗是差不多的意思。见到这群废墟边的狗，我才知道二者意思并不一样。丧家犬未必是流浪狗，流浪狗也未必是丧家犬。第一代流浪狗当然是丧家犬，但"流二代""流三代"，则是母亲在流浪中产下，在母腹中便流浪着，从来就无家可丧。

边走边想着，见有一条支路，也是通往废墟。我走上支路，往废墟深处走，忽然又响起一阵稚嫩的狗叫，便见两只小狗，兔一般大，从乱砖中站起，慌乱地跑着，在砖块和水泥块的羁绊下，跑得跌跌撞撞、叫得奶声奶气。我想，它们卧着的地方，就是本来的家了。原来，并非村中所有的丧家犬都集中到了那一处人家，还有仍然不肯离开原来的窝者。

折回本来的路，走到尽头，是一条国道，于是往回走。路过那已经无人问津的小店,朝仍然坐在那里似笑非笑着的主人摆摆手,便又走到了那群狗的聚集处。这回,它们已经布不成阵了。在路上半卧着的,站起身,哼哼着走开;原来在路边的,也悻悻地躲闪着走开。虽然也有几只低吼着作跃跃欲试的扑咬状,见没有追随者,也就作罢,低吼几声走开。我旁若无狗地走过它们的聚集地,只把手中的棍子在脚边拖着,防止它们从身后突然袭击。我知道,只要有一根棍子在路面吱吱作响,它们就绝不敢扑上来。走过了这群狗,我仍然想着它们。我想,它们的主人扔下它们,那实在是正常不过的事情。政府按人口支付了租房费,至于租了什么样的房子,则由村民自己决定。最大限度地节省租房的钱,当然是村民们自然而然的选择。一家人挤到不能再挤地挤在一起,也就可以把租金缩到不能再缩。没有哪家会考虑狗的生存而把房子租得大一点,从而把租金花得多一点。在这样的时候将狗扔下,那是毋须考虑的做法。如果有哪家为带上狗而多付一点租金,就违反了固有的伦理观念,就不合乎情理了,甚至要受到村人的责难。政府是按人口给钱,没有把狗口算在内。即便政府也给了狗口一份钱,这钱也一定不会花到狗身上。狗仍然可能被遗弃。那么,这些狗如何生存下去?答案是:如果它们固守这里,它们只能饿死。虽说村民们养狗不会每日特意喂食，但五百多户人家的村子，狗每天总能在地上找到些吃的。一旦这里没有人生活了，狗也就断了粮源。它们唯一可能活下去的方式，是实现从丧家犬到流浪狗的转型，沿着我来的道路走出村子，走出群山，到城市里加入流浪狗的行列。然而，看起来没有这种可能。

此后，我隔三岔五还到这废墟村走走。已经有人在清理垃圾了。与政府僵持的人家在缓慢减少着。写着"有人"的墙在艰难地倒塌着。但那小店还在，主人依然每日坐在那里，做开店状。这家小店，可能是最难与政府达成协议的了。这家的事情应该特别令政府头痛。他开个小店，每日有一定收益，这笔账，算起来实在烦难。一定是卡那小店的赔偿上了。那些狗，仍聚集在那里，但狗毛一天比一天长，狗身则一天比一天瘦，身上也越来越脏。渐渐地透过长长的狗毛能看见狗骨了。但是，它们没有显露出任何离开这片废墟的迹象。从这个村子进入城市，像我这样的人，走起来也就个把小时；像它们这样的狗，小跑起来大概只需几十分钟吧。然而，要让它们完成从丧家犬到流浪狗的身份转换，似乎比登天还难。这不只是生活方式的转变，更是思维方式和价值观念的更新。是什么妨碍了它们完成一次必需的蜕变呢？或许有人认为是对原来主人的依恋。其实并不是。不能认为它们固守在这里就是在等待主人的归来。我后来从它们身边走过时，它们看我的眼神里已经基本没有了敌意。仍然有一丝警惕，但也有些许期待。它们中有几只，还会尾随着我，迟迟疑疑地走几步。我知道，它们绝不是要找机会咬我一口，而是试探着是否能跟我回家。我确信，只要我扔掉手中的棍子，再扔一点面包馒头之类在地上，它们就会跟上我。我从它们的眼神，从它们的身体语言中获得了这份确信。只要我把它们带回家，我就成了它们新的主人，很快就会对我忠心耿耿。所以，它们依恋的并非某个唯一的人，而可能是任何人。那种只认一个主人的狗，在一些故事中永生着。这样的狗，即便真有，也绝对是狗中的极其另类者。绝大多数的狗，是只要有人就行，是随时可以换个主人的。

对人的依恋、依赖，是人喜欢狗的根本原因；对人的依恋、依赖，却又是狗被抛弃、被杀戮的根本原因。据说，狗是从狼"进化"而成。我以为，"进化"这个词肯定用反了。从狼到狗，分明是生命的退化。我不清楚狗与人之间的亲密关系是如何建立起来的。狗与人之间，相互十分信任。人是极其信任狗的。人对狗的信任，远远超过人对人的信任。而狗确实是值得人无限信任的。狗会更换主人，前提是原来的主人已经消失。如果仅仅是被主人抛弃而主人仍然在那里，狗是赶不走、打不跑的。狗如此粘着人，也是因为对人的无条件信任。而它们不知道，人有时是多么不堪信任的东西。抛弃狗算得了什么？抛弃父母、抛弃孩子，在人类那里，也不算稀奇事。狗如果有思想，早就应该对狗与人的关系进行深刻的反思。

  那口池塘的塘坝走到底，往右拐，是废墟村；往左，则是一条山路。我有时往左拐，顺着山路走上一阵。这条路，与废墟村之间，隔着一座山。一天，走着走着，忽然山上传来狗吠，不是一只狗在吠，是好多只狗在一齐吠。这比听见狼嗥或猿啸还让人惊讶。狼呀，猿呀，毕竟是山上可有之物，虽然这山上不大会有。但群犬却不应该生活在山上，除非山上有人家。但我知道，山上绝无人居住。我明白了，这废墟村的丧家犬，并非都聚集到那条路边。应该是靠近那条路边的人家，搬走后，狗都聚集到那一处。而靠近后面山边人家的弃狗，则结伴儿跑到了山上。这一天，我只闻狗吠，没见狗影。它们也是冲着我而吠叫的吗？如果是，那意味着它们本来的家，就在那边的山脚下，离它们现在宿营的地方不太远。我对狗的认知之一，是狗是否冲着生人叫喊，取绝于生人所在的位置与它的家之间的距离。在它的警戒距离内，有生人出现，它要叫喊；如果生人靠近家，它还要扑上去，那是它的天职。但如果离它的家远些了，超出了它的保安范围，它就管不着了，也就不叫了。没有见过哪只狗在离家很远的地方还冲人叫喊。现在这山上的狗，如果是冲着我叫，那至少是听见了我的动静。不过，它们也并没有冲下山来。那又说明，它们本来的家，离得虽不算太远，但也不是很近，那距离，在只须叫喊不必撕咬的程度上。

一天下午，我走过那座有群犬扎寨的山，又翻过一道梁，是一条平坦的路。走着走着，前面的一幕又令我有些吃惊：一条灰黑色的狗站在路的正中间，屁股对着我来的方向，而后腿两侧，一边站着一只小狗，也是灰黑色，比猫短一点，又比猫横一点：两只小狗都昂着头，伸着脖子在吃奶。这真有点颠覆我对狗的认知。我记忆里，母狗喂奶，总是侧卧在地上，小狗则趴着吸吮。哪有狗而站着喂奶和吃奶的？除非是母狗此刻无心喂奶而被小狗纠缠，但眼前的情形显然不是这样。牛站着喂奶吃奶。眼前这狗喂奶吃奶的姿态，像极了牛的此种行为。莫非这狗看见牛从不被主人抛弃而刻意模仿牛？莫非它们想让自己变成牛？站着就站着吧，路两边就是草地，是灌木丛，为何要站在路上呢？路上就路上吧，为何要在路的正中间呢？这姿态，像是抗议，像是在示威。以狗的灵敏，早该知道有人来了。但母狗喂得太专心了，小狗吃得太投入，我走得很近了，它们才察觉到警情。母狗慌乱地跑向路边草丛，但并不跑远，在离我十多米处停下，扭头斜视着我。两只小狗，在瞬间惊慌后便恢复镇定，不但没有跑开，还试探着往我脚边接近。我迈步走，它们竟有跟着的意思。我只得把手中的棍子在地上顿了几顿，把它们赶回母亲的乳头下。

又一天下午，我在废墟村口向左拐，刚走到那座曾经发出群吠的山脚下，远远地看见一群狗聚集在路上，仿佛在寻觅着什么。我知道，这就是那群在山上安营扎寨的狗了。与我初次遇见的那一群狗不同，这群里，以白色者居多。远远地感觉到我来了，它们一齐往山上跑，眨眼间不见。此后，群狗下山的情形虽然没见过，但时常能看到零星的狗踪犬影。有时候，是一只，狗影一闪便消失；有时候是一只两只，在前面的路边不紧不慢地走着。不知道它们是否熟悉了我，我是很熟悉它们了。同废墟村前面的那群狗一样，这后山上的狗，也一日瘦似一日。到后来，则时常能在山路上看到新鲜的狗屎。这山上的狗，特意把此物拉到山下的路上，而且也总是在路中间，这又让我十分费解。立秋了，树上的野果在掉落。有一种树，满树挂着鲜红色的果实，一簇一簇的。于是，路上的狗屎里，便时常显露着这红色山果的残渣。狗而吃山果，恰如人之吃树皮、草根、观音土吧。

天越来越凉了。狗越来越瘦了。越来越瘦的狗，行动也渐渐迟缓起来。我还惊奇地发现，它们越来越胆大了。狗，即便那种家庭温馨的狗，离了主人，离家远一点，就总是怕人的，尤其怕手持棍状物的人。有一次，天似乎要下雨。我手拿一把长柄伞外出散步。出了家门，与一位手牵着狗的女士走成了并排，于是，那狗便惊恐地叫着，拼命要挣脱狗绳。我先未在意，听狗叫得怪，扭头看看，那女士说："它怕你手上的伞！"我立马一溜小跑，跑出那宠物的恐惧。这山上的狗，起先也是怕我这个手持木棍的人的。但渐渐地，不以我这个人为意。有时候，肯定知道后面有人来了，而且离得不远了，仍继续在路边走几步，才转身钻进树丛。要是以往，意识到后面有人，会闪电般消失。更有甚者，知道我从后面走来了，根本不躲避。一只狗，在山路上与我并排走着，相距只有一米，这样的情形也有过。当然，它会微微斜眼盯着我，身体是时刻逃窜的姿势。更有甚之甚者，是我有时候朝它挥舞手中的木棍，它仍然不跑，只是腰身上所剩不多的肌肉会抖动抖动。如果拍个视频发到朋友圈，没有人会不认为我遛狗遛到山上去了。我能做出的唯一解释，是饥饿或许已经部分地改变了这些狗的本性，或者说，饥饿已经让这些狗变得不完全是狗，成了一种新的动物。

遇到次数最多的，是一只半大的狗，毛色黑白相间着。在村前山后的狗里，这一只最瘦，瘦得已经脱了形，狗体两边的肋骨，根根可数。四条细腿，已经不能完全直立，总是微微弯曲着，蹒跚前行。最不怕我的，也是这一只。有时候，我从后面赶上它，腿脚几乎擦着它的肋骨而过，它眼睛斜都不斜一下；有时，我与它迎面相遇，故意把木棍在地上顿着，它头抬都不抬一下。每次看见它，我都想，这山上山下所有被遗弃却不肯离去的狗，大概迟早都会饿死在这山上山下；别的狗或许还能撑得久点，但这一只黑白相间的半大狗，一定熬不过这个冬天。

必须依附人才能活，狗是如何走到这一步的呢？或者说，本来吃人的狼，是如何变成了只有与人在一起才能生存的狗的呢？这山上，其实除了山果，可吃的东西很多。在山上山下，我也经常看见野猫。我丝毫不担心野猫会饿死。我感觉猫辈还没有彻底丧失捕猎的能力。山上老鼠应该不会很少，鸟类就更多了。一只猫，哪怕出击一百次才成功地捕获一只鼠或鸟，也不会饿死。我几次在山上山下看见野猪。还有比野猪体型小许多的猪獾。野兔在草丛中隐现。野鸡多得三步两步就惊飞一只两只。但凡还有一点点的狩猎能力，但凡还保留一丝丝狼性，这些狗都不至于活活饿死。

我又想，假如这山上山下的狗里，在长久的饥饿后出现了一只两只觉醒者，明白了只要依附人类，任何一只狗，包括那些正被抱在怀里、拥在被里、贴在唇上，万分宠着的狗，都有沦为丧家犬和流浪狗的可能。要让丧家犬和流浪狗不再出现，必须彻底改变狗人关系，必须彻底放弃对人的信任。觉醒了的它或它们，先觉觉后觉，呼吁所有的狗撤离人的世界，重返丛林。那结果会怎样？

我想，那结果，应该是它或它们被群狗活活咬死。

2021年9月18日初稿
9月28日改定